溺愛准教授と恋するハウスキーパー

花波橘果　著

Illustration
古澤エノ

エクレア文庫

CONTENTS

登場人物紹介

美《み》原《はら》晴《はる》

20歳。建築学を学ぶ大学2年生。よんどころない事情により住み込みの仕事を探している。

雇い主

溺愛♡

桐《きり》谷《たに》恂《じゅん》一郎《いちろう》

34歳。晴の通う大学の法学部准教授。弁護士でもある。完璧すぎて面白みがないのが唯一の欠点。

溺愛准教授と恋するハウスキーパー

#【1】

爽やかな風と光に包まれた五月の朝、美原晴《みはらはる》は邸宅と呼ぶにふさわしい家の前で、深い青銅色のアーチを見上げていた。絵葉書を切り取ったような青い空に、クリーム色の石塀とつる草模様の優美な門が映えている。

（おっきい家……）

みずみずしい木々の先に煉瓦造りの建物の一部がわずかに見えている。

世の中にはもっと広い、それこそ城のような豪邸もあるのだろうが、都心に近いこの地区に青々とした木々に囲まれた屋敷を構えているのだから、この家の住人の経済的な豊かさを知るには十分だった。

周囲には豪奢な邸宅群が、世の中の災いを全て忘れたかのように、広く真っ直ぐな道路に沿って建ち並んでいる。噂に違わぬ高級住宅街だ。

よんどころない事情により住居と働き口を探していた晴は、大学のアルバイト求人サイトに載っていた『ハウスキーパー募集（住み込み可）』に応募して面接に来たところだ。

約束の午前九時まであと五分。緊張気味に門の前まで進む。

淡いベージュの門柱にシャンパン色のポストの受け口があり、シンプルなインターホンがその隣に並んでいた。表札は見当たらない。

深呼吸を一つして、インターホンのボタンに指をかけた。わずかな躊躇のあと、意を決してそれを押し込む。

第一印象は大切。唇をきゅっと結んで、大きな茶色の瞳でカメラのレンズを見つめて待つ。薔薇の花弁が白くやわらかな頬をふわりとひと撫でしていった。

突然ガチャンと金属音が響き、壮麗な門がゆっくりと内側に開く。

(う、うわっ。電動⁉)

門を見上げ、しばし固まる。どこかでカッコウの鳴く声がした。

しばらくして、これは入れということかと気づき、恐る恐る門の内側へと足を踏みいれた。再びガチャンと音がして、背後で大きな門がしっかりと閉じる。

(う……)

もう後戻りはできない。そう告げられた気がした。

木漏れ日の落ちるアプローチに視線を向け、美しい石畳の模様に導かれるように小道を進む。薔薇の咲き誇る端正な庭を通り過ぎ、中央の建物全体が見えるあたりまで来ると、晴はわずかに息をのみ、足を止めた。

周囲の家々の様子から、ひときわ広い敷地に建つこの家は、建物も相当に厳めしいものなのだろうと想像していた。だが、目の前に現れたのは思いのほか柔らかな印象の古い洋館だった。

赤い煉瓦の壁面に、規則正しく並んだ白い窓のコントラストが美しい。

確かに大きな家だ。けれど、明るい若葉に包まれた古風な姿は、どこか懐かしく温かい印象を与えた。

——ジョージ王朝スタイル。

建築学科の学生らしく、その建物の様式を心の中で呟いた。

正面の白く大きな玄関ドアは開け放たれていた。ドキドキしながら中を覗くと、吹き抜けから明るい光が降り注ぎ、奥に見えるメインダイニングとそれに続くファミリールーム、左手の来客用らしきリビングルーム、その中央の幅広の曲がり階段を備えた玄関ホールが、一体となって目の前に広がる。

なんて綺麗な家なのだろう。

晴の心はふわりと浮きたった。

家に風を通しているのだろうか。開け放たれたドアの間を、窓からの風が静かに通り抜けてゆく。

扉の前に立ったまま、そっと家の奥に呼びかける。

「……すみません」

返事はない。どこからともなく運ばれてきた赤い花弁が、くるりと踊るように舞った。

少し声を大きくして、もう一度呼びかけてみた。

「すみません……。どなたか、いらっしゃいませんか……?」

コトンと、頭上で人の動く気配がした。首を伸ばして見上げると、吹き抜けの手摺の向こうに光を背にした逆光のシルエットが立っている。

「あの……、ぼ……」

晴が名乗る前に、白い光の中の影がぶっきらぼうに言った。

「何をしている。入りなさい」

「は、はい」

少し慌て気味のかすれた声で答え、急いでドアをくぐる。「二階だ」と続けられて、大きな階段に足早に駆け寄った。優美な木製の手すりに心を惹かれながら階段を上ってゆく。

二階に上がり切る直前、天窓から降り注ぐ日差しに目を細めた。光を背にした長身の男性の姿が階段の上に現れる。零れ落ちる光がその周囲を跳ねまわり、あたり一面がまばゆく照らされていた。その眩しさに目が慣れるに従い、男の姿がはっきりと目に入ってくる。

ぱしん、と晴の中で何かが弾けた。その瞬間、透明な卵の殻を破って新しい感情が生まれる。

（誰……？）

光の中に現れた端整な姿に目を奪われる。すらりと引き締まった長身から、涼やかに整った顔が晴を見下ろしていた。

自然に整えられた黒髪の下の秀でた額、知性を湛えた漆黒の双眸と高くまっすぐな鼻梁。冷たいほど完璧なバランスを保ったシンメトリーな配置の中で、薄く形のいい唇だけがかすかに甘く、何かを問いかけるように緩やかなカーブを描いている。

その姿を見ているうちに、晴の心臓はドキドキとうるさく騒ぎ始めた。男がゆっくりと頷く。

「なるほど……」

息をのんで立ち尽くす晴を眺め、満足そうな笑みを浮かべた。

「なるほどな。確かに、思ったより、いい……」

何が思ったよりいいのか。意味がのみ込めないまま、どこか艶めいた雰囲気に疑問を抱く。

戸惑う晴に背を向け、男は広いホールを歩き始めた。美しい装飾が施されたドアに手をかけ、振り向きながら晴に問う。

「どうした。すぐに始めていいのだろう?」

(すぐに……?)

面接のことだ、と思い至った晴は、慌てて大きく首を縦に振った。

「は、はい! よろしくお願いします……!」

男の背中を追って急いで部屋に入る。そこで晴は、奥に鎮座する大きなベッドにドキッと心臓を跳ねさせた。面接に寝室を使うとは予想していなかったのだ。

ハウスキーパーに採用されれば、当然この部屋の掃除も任されるのだろう。だから、入ってはいけないわけではないと思う。けれど、初対面の人間を通すのに、寝室ははたして適した場所なのだろうか……。

疑問を覚えつつも、案外こういうものなのかもしれないと、世間知らずな自分に言い聞かせた。緊張のせいか心臓がドキドキとうるさい。

広い室内には、豪奢だけれど落ち着いた印象の家具がゆったりと配置されていた。彫刻を施したクラシカルなキングサイズのベッドは、天蓋こそかかっていないものの、高い柱が付属していて、まさに王様の寝床のよう。マホガニーの書き物机にはガレのランプ、ブルボーズレッグを備えたルネサンス様式のティーテーブルに、ゴシック調のカウチソファ。

講義で身に着けた知識をもとにチラリと見えた調度品を見定めるが、おそらくどれも本物で、それが間近に見られることに感動する。十六世紀から十八世紀くらいの正真正銘のアンティークが、暮らしの中で生きている。

入って左奥の扉が開いていて、白いタイルの床と猫足のバスタブを備えた鏡張りの浴室が見えた。

広い家だから掃除は大変そうだ。けれど、家そのものも家具も驚くほど美しい。これらのものに触れながら働くことができたら、それだけでもかなり幸福なことかもしれない。

それに、主であるこの男性も……。

（綺麗な人……）

綺麗という表現は適切ではないかもしれない。けれど、今まで会ったどんな人よりも美しい人であることは確かだ。カッコイイなどという表現では十分ではない気がする。

つい浮き立ってしまう心を抑えて男を見上げる。かすかな笑みを浮かべた彼の手が肩に置かれ、心臓がドキンと大きく跳ねた。

「どうした？　始めるなら、さっさと服を脱ぎなさい」

「……え？」

「自分から希望して、ここに来たんだろう？」

「あ、はい。でも、あの……」

戸惑う晴に、男は笑った。

「来てしまったものは仕方ない。だったら、さっさと済ませてしまえばいい。そこに立っていても何も始まらないぞ。それとも俺が脱がせたほうがいいのか？」

服を脱がせてもらう？　どういうことだろう……。

理由はわからないながらも、とりあえず服を脱ぐのだと理解した晴は、素直に自分の服を脱ぎ始めた。健康診断とか身体検査みたいなものかもしれない。家の中に他人を入れるのだから、そういうことも必要なのだ……。

たぶん……。

（でも……）

なんだか変な気がする。世の中を知らないなりに、一応そんなことは考えた。

それでも、これも面接の一環なのだと自分に言い聞かせ、ともかくしっかり対応しなくてはと、とてもてきぱきと服を脱いだ。そんな晴に、どういうわけか男は唖然としている。

「ずいぶん……、なんというか、威勢のいい脱ぎ方だな」

「え、そうですか……？」

しかし、命じたのはこの男なのだ。脱いだのだから文句はないはずだ。

上半身が裸になると、男は微笑を浮かべた。

「美しいな……」

晴はさらに戸惑い、かすかに眉を寄せる。筋肉らしい筋肉もない白く細い身体には、男子としては、むしろコンプレックスを感じている。まさかこんな場面で人から褒められるとは思わなかった。

沈黙が流れたので、チラリと上目で男を伺った。促すように小さく頷かれ、まだ不十分なのだと理解する。

下半身を包んでいたベージュのチノパンも床に落とし、ボックスショーツ一枚になって男の前に立つ。満足そうな笑みが返され、ひどく胸が騒ぎ始めた。頬が熱くなってゆく。

ふいに、男が眉を寄せた。

「いつからこの仕事を?」

晴は視線を上げ、首を傾げた。

いつからハウスキーパーの仕事を始められるのか、という意味だろうか。だとしたら、早いほうがいい。急がなければならない事情が、晴にはあるのだ。

「あの、できれば、すぐにでも……」

まっすぐ見上げて答えた晴に、男は驚いたように目を見開いた。そしてなぜかやや苦い声で「そうだったな……」と呟き、嘆息した。不思議に思っていると、そのまま目の前まで近づいてきて、長い指で晴の頬をすっと撫でた。

(……え?)

何を?　と問う間もなく、顎が掬われ唇が重なった。

一瞬、何が起きたのかわからなかった。すぐに自分がキスをされているのだと気づいて、慌てて何か言おうと唇を開いた。その隙間から、不意をつくようにして熱を持った滑らかな舌が侵入し、くすぐるように晴の舌に絡みつく。舌先をきゅっと吸い上げられると、頭の芯で火花が弾けた。

「ん……っ」

弾けた火花はいくつもの光の束になって、目の奥でチカチカと瞬く。未知の感覚に息ができなくなった。

(な、何……?　なんで……?)

逃げようとしてもがいたが、耳の後ろを大きな手で支えられていて動けない。

「んー……」

男の胸に手を突いて押し返そうとすると、逆に強く抱き返された。早鐘のように鳴る心臓が今にも壊れそうに暴走し始める。広い胸を押していた手は徐々に力をなくし、質のいいシャツの上を所在なく彷徨う。

「ん……。ふ……ぅ…」

小さく震えた晴に、一度唇を離した男が可笑しそうに笑う。

「積極的なのかと思えば、案外慣れていない。それとも、唇へのキスは禁止というやつか」

何を言っているのだろう。ドキドキ騒ぐ鼓動に息を切らし、言葉を探す。瞬きを繰り返す晴を見て、男は楽しそうな笑みを浮かべた。

「それもいい。なかなか新鮮だ」

そして、再び唇を合わせてくる。いきなり深く舌が差し込まれ、晴は声にならない悲鳴を上げた。口の中を隅から隅まで舐め尽くされる。波にのまれるように溺れるうちに、猥らな何かが晴の内側に満ちてくる。わけもわからずビクビク震えていると、男の手がそろりと晴の腰を撫でた。

「ふぇ……っ」

下肢が熱を持つのがはっきりとわかった。

背骨にそって、ゆっくり確かめるように長い指が上下する。肩甲骨から腰骨にかけて甘く痺れるような快感が走り抜け、身体が小さく震えた。

「は……」

唇が離され、吐息が零れ落ちる。

「ずいぶんと、初々しい反応だな」

男はまた楽しそうに笑う。両手で晴の脇腹を支え、首筋や肩に唇を押し当てた。

「あ……っ」

だめ……と、声にならない声が吐息とともに零れた。

(なんで……?)

なぜ、こんなふうに触れられているのだろう。わずかに背を反らして薄く瞼を開けると、至近距離から見つめる完璧な顔が目の前に現れて、慌ててもう一度目を閉じる。

肌が熱い。初めて知る甘い愉悦にぞくぞくと鳥肌が立つ。感じて震える自分の反応が理解できず、混乱したまま、抗うこともできずに官能の波に流されてゆく。

何かを考えようとしてもうまくいかず、身体には力が入らず、ベッドに押し倒された時には自分の足で立たなくて済むことに安堵したほどだった。甘い蜜で満たされた身体は内側から溶けてしまったかのようだ。

晴の肌を吸いながら、男は手際よく自分の上着を脱ぎ捨て、ネクタイを外した。

「どうした？　まだ、何もしていないのに真っ赤だぞ」

可笑しそうに笑う男を霞む目で見上げた。初めて知る官能の強さに瞳は潤み、困惑する眉は頼りなく下がってゆく。

「そうやって誘う顔は悪くないな」

（誘う……？）

両手で頬を包まれたまま、かすかに首を傾げる。

男の手がゆっくりと移動し、首筋と鎖骨をするりと撫でた。そのまま下に下りてゆき、胸の飾りを軽く摘まむ。先端を捏ねるように転がされ、見知らぬ疼きに、あ……っ、と小さく叫んで身をよじった。

「感じやすいのも悪くない」

男はいかにも楽しそうだ。腰のベルトを手早く外し、全ての服を脱ぎ捨てる。

ギリシャ彫刻を思わせる裸体が目の前に現れ、晴は息をのんだ。挑むように晒された肉体の美しさに心臓が騒ぐ。同時に、何をされるのかようやく理解し始め、ほとんど本能的に短い言葉を発した。

「や……っ！」

「焦らすのか？　それも可愛いが……」

逃げかけた身体は簡単に男の下に引き戻された。

肌を味わう唇の感触と骨の形を確かめるように滑る指の動きに、身体が勝手に熱を持つ。官能を引き出す愛撫に乱される自分が怖くて、抵抗しようと押し当てたはずの手は、けれどいつしか男の肩にすがっていた。

過ぎる快感を逃そうと腰が波のように不規則に揺れる。ふいに胸を噛まれて甘い声が迸った。

「あ、や……っ」

背中が反り返った隙に、男の手が晴の下着を抜き去った。足の間に手が伸ばされ、反射的に膝に力が入る。

「だめ……っ！」

竦んで震える腿を、男の手が宥めるようにゆっくりと撫でた。あやすような口づけがいくつも落とされる。初めて他人の手を知る陽根を、長い指先がしっかりと包み込む。

「あ……あ、やだ……っ」

軽く上下に擦られただけで、すでに反応し始めていた場所は簡単に張り詰めてゆく。片方の胸を舌の先で舐められ、別の片方を指で摘まれ、たまらずに切ない喘ぎを漏らした。

男は笑い、もっと声を聞かせろとばかりに愛撫を強くする。

「やめ……、あ……」

中心を包んだ指の動きに、苦しいほどの快感がせり上がる。自分のものとは明らかに違う骨格の大きい手をまざまざと感じさせられ、その力強さに眩暈がした。

「あ……、いやっ！　あああ……っ」

大きな手の中で晴は限界を迎えた。弾けるように迸った漿水が男の手を濡らす。顔から火が出るほどの羞恥に、茶色い瞳いっぱいに涙の膜が広がる。人形のように力をなくした身体が、ぱたりとベッドに崩れ落ちる。うう、とくぐもった声で一度、小さく呻いた。

「……あっけないな」

揶揄されても、もう何も考えられなかった。そのまま長い睫毛を閉じると、張りつめた水の膜が大粒の涙になって頰を流れ落ちる。

長い指先でそれをぬぐった男は、ため息のように呟いた。

「どうして泣くんだ……?」

いつもそんなふうに泣くのかと、どこか苦い声で問いが落とされ、意味がわからないまま、晴は力のない首を左右に振った。

「まあ、いい……」

ため息を吐いた男は、ふいに強く晴を抱きしめた。混乱と羞恥に涙ぐむ晴に、宥めるような口づけを落とす。優しく、何度も。

このとき晴は、心のどこかでこの男を信じてしまった。そして、何も考えず、ただ目の前のものに縋るように手を伸ばしていた。

男の目がわずかに見開かれ、瞳に慈しむような光が宿る。直後に与えられた深い口づけには強い情欲が滲んでいた。その慈しみと情欲のどちらもが同じものから生まれたように思えて、口腔を舐め尽くすような激しいキスを続けられても、晴はもう怖いと思わなかった。

どこか大切に、気遣うように触れてくる男の腕の中で、じっと大人しく身を任せ、従うことが嫌ではなくなっていた。

けれど……。

精漿をまとった指が後ろの小さな窄まりに触れ、そこを押して入り込もうとすると、晴は驚いて飛び上がった。

「やっ……！　な、な、何……？」

「何って、そっちこそ急になんだ？　ここまできて」

呆れている男になおも抵抗して首を振ると、いいから大人しくしていろと、後ろ手にネクタイで腕を縛られる。

「な、何……、す……っ！　あ……っ」

うつぶせにされ、ぐいっと尻を持ち上げられた。あまりに恥ずかしい体勢に、ずり上がるようにもがいて逃げようとする。そんな晴の腰を引き寄せ、男はことさら楽しそうに笑った。

「これではまるで、レイプ・プレイだな」

レイプ……？

言葉の衝撃に晴は息をのんだ。男はゆっくりと背中から晴を抱きしめ、耳たぶを軽く噛みながら、甘く低い声で囁く。

「こういうのも悪くない。ここまで綺麗な身体だと、どんなプレイでもゾクゾクする」

わけもなく涙が溢れ出す。左右に何度も首を振り、膝を立て、尻を突き出したまま身をよじった。

「いい反応だ。そんなふうに動くと、すぐに挿れたくなるな」

驚いて動きを止めると、しなる背中に優しくキスが落とされた。

「素晴らしい。なんて綺麗な肌だ……」

満ち足りた吐息とともに囁かれ、その息と唇の感触に晴の肌は粟立った。

もう何もわからない。

混乱しすぎて、全ての思考が停止する。

涙に濡れた頬をシーツに伏せ、男の手で取らされたあられもない姿勢のまま、ぼんやりと次の作業に身を任せた。何か冷たいもので後ろを濡らされ、それを揉み込むようにして指が挿し入れられる。異物を拒む固い蕾に、男は怪訝そうな声で呟いた。

「ずいぶん固いな……。まるで、初めてのようだ」

そんなの当たり前だ。そんな場所にそんなこと……。ぼんやりと思うが、言葉にならない。

異物感に竦む晴の身体を、男はゆっくりと開いていった。宥めるような口づけを背中に落とし、時々、空いている手で胸の飾りを刺激する。声にならない吐息を吐いて慄く晴に、力を抜けと何度か囁いた。

そして、思い出したように聞いてくる。

「……名前を、教えてくれないか?」

無意識に、ほとんど反射的に答えていた。

「は……る……」

「ハルか……。可愛い名だな……」

丁寧に後孔をほぐしながら、男は満足そうに晴の名を繰り返した。

異物感だけだった指の感触が馴染んだものに変わり始める。ふいに、ある一点を男の指が掠めると、晴の身体がビクンと跳ねた。

「あ……っ」

「ここか?」

嬉しさと甘い艶を含んだ声が耳元をくすぐった。次の瞬間……。

「あ……あぁっ! あ、やぁ……っ」

突然湧き起こった強い射精感と、それに伴う愉悦が腰の奥で暴れ出す。

「いや、あ、あぁ……ん」

男の指が動く。達したばかりの晴の中心が再び熱を持ち、徐々に兆し始めた。

「あ、あ……っ」

ネクタイに拘束されて自由にならない手首を、もどかしく動かす。背中を反らせて、大きくかぶりを振った。

「ああ、……あ。いや……、お願い……」

男の手が晴の中心を包むが、望むほどの刺激は与えられず、後孔を穿つ指が作り出す悦楽の強さに、晴は泣きながら身をよじった。

「あ、あ……。い、……やぁ」

「さすがに感じやすいな。可愛い身体だ……」

「あ、あ、あ……、あぁ……っ」

増やされた指の一つ一つが複雑に動いて、晴の裡筒を広げてゆく。拒むことも受け入れることも知らないその場所から、突然ずるりと、長い指の圧迫感が消え去った。

喪失の心細さから、追うような収縮を無意識に繰り返してしまう。

「そんな声を聞かされると、我慢がきかなくなる。まだ少しきついかもしれないが、いいな……?」

押し当てられた熱塊に、晴は大きく目を見開いた。指とは比べようのない質量のものが、その存在を主張していた。

（お、大き……）

「や……っ！　いや。こ、こわ、い……」

「安心しろ……。ひどくするつもりはない」

「い、や……っ。や……っ、ああっ……！」

泣きながら逃れようともがいても、逞しい男の腕はびくともしない。晴を押さえつけたまま、猛るものをねじ込もうと押し当てた。

「やぁ……」

「……っ！　やはり、きついか……」

なかなか入らない大きなもので蕾を何度も突かれる。あまりの恥ずかしさに涙が流れた。

「やだ……。挿れない、で……。おね……が……」

「ムリを、言うな……」

背後から晴を抱きしめた男が宥めるように胸の飾りを摘まむ。背中を唇が這い、熱い舌が何度も肌を舐める。

「あ……、ん」

「力を抜け……」

同時にくちゅりと、やや萎えかけていた場所が刺激される。

「あ……、あ、は……ぁ」

息を吐いた拍子に、押し当てられた熱がぐっと晴の中に入ってきた。

「あ、いや……あ、ぁあああ——……っ」

「く……っ」

荒い息とともにぐいっと腰を進められ、あまりの痛みに晴はほとんど叫ぶように声を上げた。

「あっ、あぁ……っ! いや、……っ!」

「すごいな……。本当に処女のようだ……」

「……っ、な……の……」

そんなの、当たり前だ。晴は何もかも初めてなのだ。

「う……、うう……っ」

男も荒い息を吐いて腰を揺らす。徐々に晴の中が開かれてゆく。身体を裂かれるような痛みに、晴は何度も「痛い」と訴えた。

腹の下に枕を噛まされ、後ろ手に腕を戒められて、突き出した尻に男の熱塊をのみ込む。そんな自分の姿を気にかけているゆとりなどなかった。

「や……っ、ぃやあ……っ！」

逃げようと身をよじるたびに、男は晴を引き寄せるようにして抱きしめた。そうしながら、肩や背中にいくつもキスを落とす。最初のうち小刻みに進められていた楔は、やがて大きく抜き差しを繰り返しながら奥まで入り込んでくる。ずるりと抜かれそうに引いた後、ぐっと奥までねじ込まれ、晴は何度も悲鳴をあげた。

「あ……、ああ、ああ……っ」

痛みに混じって背筋を駆け抜ける電気のような快感に慄き、震える。どんなに逃げようとしても、男は執拗に晴を貪った。情欲にかすれた声が敏感になった耳元をくすぐる。

「ハル……。ああ、素晴らしい……。中も、すごくいい……」

短い喘ぎを漏らし、リズミカルな律動で晴を犯し続ける。

ひどくしないと言ったくせに、獣のように激しい腰使いで晴を翻弄した。かと思うと、中に突き立てた楔を複雑に操り、晴が感じて仕方ない場所を何度も突いて甘い声を引き出した。

強く突かれる痛みと、それとは別の未知の快感に我を忘れて啼き続けた。いや、いや、と何度も首を振ったが、やめてもらえるどころかさらに激しく奥を突かれる。嵐の中の小舟のようになす術もなく身体を揺さぶられ、突き上げられ、悶えながら、痛みだけではない甘い苦しさに溺れていった。

もう本当に何もわからなくなった頃、ひときわ激しい動きで活塞《かっそく》を繰り返した男が、くぐもった呻きに喉を鳴らして熱を放った。薄い膜を通して、どくんと注ぎ込まれた温かい感触に、晴の背中が無条件にビクビクと震える。

「あ、あ……」

男の指が晴の中心を包み込む。

「あ、あ……っ、あ……」

胸の先端を弄られながら、再び張り詰めていたものを刺激され、晴は鋭い悦楽とともに二度目の解放を迎えた。

薄く目を閉じて、甘い吐息を吐きながら快楽の蜜を放つ。

「あ、は……」

「……綺麗な顔だな」

乱れた吐息で男が囁いた。泣き濡れた顔のまま振り向くと、男の目がバスルームの奥に向けられている。晴も視線を向け、そこで「ひ……っ」と短く叫んで息を止めた。

開いたドアの向こう側、鏡の中から、淫らに絡み合う二人の人物がこちらを見つめ返している。

つながった場所が目に入った瞬間、耐えられる羞恥の限界を超えた。

言葉を失った晴を、男が抱きしめる。うなじや肩にキスを落としながら満足げに囁いた。

「ああ、ハル……。最高だ。俺はハルに夢中になりそうだ……」

涙を浮かべたまま、晴は、「どうして……」と、誰に問うともわからない言葉を心に浮かべた。

――どうして、ぼくは……？

男は再び晴の中を蹂躙し始める。

――どうして……？

途中で腕の戒めを解かれても、もう抵抗する気力はなかった。ただひたすら、男に身を預けて喘ぎ続ける。

「あ、あ……、あぁ……！　あ……、や、ぃ……っ」

泣きながら首を振り続けていると、二度目は優しく、男は動きを緩めた。

「本当に、まだ慣れていないようだ」

嬉しそうに声を弾ませ、まるで不慣れな身体にゆっくり手ほどきでもするように、ひどく丁寧に晴に触れてくる。晴の感じるところを一つ一つ探り当て、官能の甘さを教え込んだ。

「あ、あぁ……いや、そ、こ……」

「ここもか？　ハルは感度がいいな。身体中いいところばかりじゃないか」

声を弾ませ、指や舌を使って晴の身体を調べ尽くす。

裡筒を奥から手前まで擦られる。太い楔を含んだまま小刻みに揺すられて、淫らな快楽の味を知る。身体の中も外も感じる場所をことごとく教えられ、晴は何度も甘い声を上げて啼き続けた。

「ん……あ、ああ……」

「ハル、本当に可愛いな。ハル……」

深い愉悦の中で、強く突かれながら三度目を放った。その頃には、晴はもうこの快楽に落ちてゆくことに少しの躊躇いも見つけられなくなっていた。

汗に濡れ、官能の激しさに身を焦がし、耐え切れずに腰を揺らし、男の喘ぎを引き出しながら、夢中になって絶頂の高みに駆け上がる。

何度も、何度も……。


喉の渇きにむせそうになって身体を縮めると、男がそっと抱き起こして冷たい水の入ったグラスを手渡してくれた。晴はそれを両手で受け取り、こくんと音を立てて喉に流し込んだ。

目を上げると感嘆の色を浮かべた瞳がじっと晴を見ていた。心臓が小さく跳ねる。

「……とても、よかった」

何のことを言われているのか理解して、カッと顔が熱くなる。

考えると恐ろしい。

ハウスキーパーの面接に来て、わけもわからないまま、その家の主人と身体の関係を結んでしまった。大学生協のマニュアルにも載っていない、とんでもない事案に遭遇してしまったのではないだろうか。

しかも……。しかもそれを……、晴は……、楽しんでしまった……。

自分のしたことに動揺が走る。

「ハル……」

男が改まった表情で晴の顔を覗き込んだ。

「相談なんだが、ハルを俺の専属にできないだろうか?」

(専属……?)

住み込みのハウスキーパーならば、普通は専属のような気がする。けれど、こんなことがあって、ここで働いて大丈夫なのだろうか。

……だめだと思う。

混乱しながらも晴は思う。どう考えても、だめな気しかしない。

「高城《たかぎ》には俺から話をしよう。何か金のことで心配があるなら、それも全部、俺が引き受ける。だから、他の客とはもう……」

——寝ないでくれ。

告げられた言葉に驚いて、晴は大きな目で男の顔を見返した。

「ほ、他の客……?　ね、寝るって……?」

「ああ。だから、今の仕事は辞めて俺の専属になって欲しい。こんなことを言うのは恥ずかしいが、あんなに夢中になったのは初めてだ。ハルの泣き顔を他の男に見せたくない。ハルが他の男に抱かれるのが嫌だ」

晴は、まだ混乱している頭で必死に言葉の意味を拾った。

「だ、抱かれる……?　他の……?」

「だめか?」

美貌の男は、何かを期待するような表情で晴を見ている。

なんだか、大きな誤解がある気がする。けれど、どこでどう間違って、その誤解が生じたのかがわからない。

言葉に詰まって黙る晴に、男は聞いた。

「ハルも、あんなに感じていたじゃないか。満足できなかったとは言わせない。もともと希望して派遣されてきたんだし……。それとも、他に誰か大事な客がいるのか……?」

客……。

客と、寝る……。

言葉の意味を理解し始めるにつれて、胸の奥に得体の知れない感情が湧き上がってくる。恥ずかしさなのか悔しさなのか、はたまた怒りなのか……。はっきりとわからないその感情に、身体がかっと熱を持つ。喉の奥に嗚咽のようなものが苦く絡んだ。

「……ど、い」

「え……?」

「ひど、い……。ぼくを、なんだと、おも……って……」

堪え切れずにポロポロと涙が零れ落ちる。突然泣き出した晴に、男が慌てた様子で晴を抱き寄せた。

「ハル? ハル、どうしたんだ? 俺が何か気に障ることでも言ったのか?」

いきなりあんなことをされただけでなく、男娼か何かのように扱われた……。そういう種類の仕事をいいとか悪いとか言うつもりはないし、ひとの職業を蔑視するつもりもない。けれど、自分がその仕事に従事していると思われるのはまた別の話だ。何がなんだかわからないながらも、ひどく傷ついた。

なのに、どうしてか目の前の男を憎むことができない。

そのことにも混乱して、涙が止まらなくなった。とんでもないことをされたのも確かなら、ひどい誤解をされたのも確か。それなのに……。

「ハル……」

困り果てた様子で眉を寄せた男が、さらにしっかりと晴を抱き寄せようとした。

「やだ……っ！」

逃れようとする晴を、男の長い腕が包み込む。うう……とくぐもった嗚咽が男の胸に埋めた口元から漏れた。

「ハル、どうして泣くんだ？　俺にできることがあるならなんでもする。何か苦しい事情があるなら、可能な限り俺が解決するよう協力する。だから……」

晴のこめかみに唇を押し当て、男が懇願するように告げる。長い指が晴の髪を撫でた。それは、ただ優しいだけの仕草だったが、感情が昂ぶった晴は、ひゅっと喉を鳴らして叫んだ。

「ひ……、ひとをゴーカンしといて……っ！　な……、何が……っ」

うわああ、と声を上げて泣き出した晴に、男が目を見開く。

「ゴーカン?」

晴を抱きしめたまま、男は驚いた顔で晴の顔を覗き込んだ。

「今、なんと言った? ゴーカン……? 『強姦』と言ったのか?」

泣きながらも、晴は首を縦に振った。男が聞き返す。

「強姦……、つまり、レイプだと……?」

晴を見下ろす男の顔に動揺が広がる。

「どういうことだ……? あれは……、プレイではなかったのか……? 俺は、ハルに……、本物のレイプをしたと言うのか?」

男は、突然、何かに気付いたようにはっと息をのんだ。

「まさか、ハル……。ハルは……、高城が送って寄越した子ではないのか?」

わあわあ泣きながら、晴は違うと首を振った。

「タ、タカギ、なんて人、ぼく……、知らないっ!」

「知らない……?」

ガーン……。まさにそんな効果音が聞こえそうな表情で、男は固まった。

泣いている晴をじっと見つめ、どうしていいのか全くわからないというように呆然としている。

次に、どこかおろおろとあたりに視線を彷徨わせ始め、すでに身支度を整えた自分と、気絶するようにぐったりベッドに沈みこんだまま何も身に着けていない晴を見比べ、眉間の皺を深くした。

「……俺は、なんてことをしてしまったんだ」

声がわずかに掠れている。ぎゅっと抱きしめてくる腕には深い悔恨が滲んでいるかのようだった。

「ハル……。本当に、俺は、どうしたら……」

すすり泣く晴の声と、空調の立てるかすかな唸りだけが豪奢な室内を流れてゆく。カーテンの影から洩れる一筋の光が、時刻に不釣り合いな艶めかしい時間を責めるように、床に細いラインを引いていた。

男は、困惑に満ちた表情のまま深いため息を吐いた。カウチの端に畳んで置かれた晴の服に目を留めると、ぎこちない仕草で晴を離し、シャツだけ持って戻ってくる。そのシャツで晴の身体を包むと、晴をゆっくりと抱き直した。そして、低く穏やかな声で聞いた。

「ハル。俺を、告訴するか……？」

すでに半分泣き止んでいた晴は、意味がわからず大きな目で男を見上げた。

「ハルが傷つかなくて済むように、俺は黙って罪を認める。ハルは何も話さなくていい。ほかにできることがあるならなんでもするし、慰謝料も支払う。どんな責任でも取るつもりだ。だが、それだけで済むことではないだろう？」

だから自分を罪に問うかと続けて、男は静かに長い睫毛を伏せた。

告訴などと言われても、晴にはよくわからない。

「そ、んなの……、どうやっていいか、わかんな……」

「ハルは何もしなくていい。最高の弁護士を紹介するし、費用もこちらで用意する。負担はかけない」

優しく穏やかに告げられて、晴は男の顔を見上げた。美しく整った顔に悔悟《かいご》と慰藉《いしゃ》の情を浮かべ、真摯な光を宿した漆黒の瞳が晴を見下ろしている。

「本当に、俺はなんてことを……」

力なく肩を落とした男は、自分をひどく責めているようだった。うつむいたまま両手で顔を覆い、悔恨の言葉を繰り返す。

「俺は、罰を受けなければならない。受けるべきだ……。俺は……、ハルに、ひどいことをした」

うなだれた姿を見つめるうちに、なぜだか晴は、男のほうが深く苦しんでいる気がしてきた。

(告訴なんかしたら、この人はどうなっちゃうんだろう……?)

ぎゅっと握っていた自分の拳に視線を落とし、かすかに息を吐きながらそれをゆっくりと開く。

噛んでいた唇を解いて、小さな声で言葉を発した。

「そんなこと……」

思ったほどには自分が傷ついていないという事実に、晴はとうに気付いていた。男娼と間違えられたことはショックだったが、目の前にいる美しい男が自分にしたことに対して、本来持つべき嫌悪感を持てないのだ……。

それを認めないわけにいかなかった。男の指先が施す愛撫に溺れ、意識がなくなるほどの快絶に身を任せてしまった。改めて思い出すと、また身体が熱くなる。

目の前の男はただ己の過ちだけを認め、その罪を償うと言っている。その言葉に嘘は感じられなかった。

晴は、くしゅっと鼻を啜って、男の顔を見上げた。

男らしく整った美しい顔。切れ長の黒い瞳と高い鼻梁、薄く形のいい唇が、知性を湛えた硬質な面に完璧に配置されている。ただ美しいというだけでなく、こんな状況であるにもかかわらず、晴は、晴が知っているどんな顔よりも好きな顔だと思ってしまった。

ほっと一つ息を吐く。

「あの……」

「うん?」

「名前を……。あなたの、名前を教えてください」

サイトの求人には住所だけが記されていた。晴はこの家の主の名を知らない。

「桐谷《きりたに》恂一郎《じゅんいちろう》。弁護士だ。大学で教えてもいる」

ため息交じりに男が告げた。

「あの、ぼくは、美原……晴です。南ヶ丘《みなみがおか》大学工学部の二年で、ハウスキーパーの面接に来ました。……ぼくを」

いったん言葉を切って、晴はもう一度息を吐きだした。そして、迷いを振り払うように、一息に言葉を継いだ。

「雇っていただけますか?」

桐谷は目を瞬いた。信じがたいものを見るように晴を見つめる。

「俺を、訴えないのか……?」

晴は赤くなってうつむいた。

「び、びっくりしたし、怖かったけど……。間違いだったら、し、仕方ない……です」

本当は、仕方ないで済むことではない気もする。だが、重要なのは晴の気持ちだ。

晴は自分が傷ついても怒ってもいないことを知っている。一方で、桐谷は過ちを認めて深く反省している。おそらく傷ついてさえいる。

世間の常識や、周りの人の意見を聞けば、誰もが桐谷を責めるだろう。けれど、これは晴と桐谷の間に起きたことだ。晴が許したいと思うのなら、許してもいいのではないかと思った。

桐谷は、しばらく晴を見つめたまま言葉が見つからない様子だった。落ち着かない気持ちになった晴は、小さくみじろいで長い腕の中から離れようとした。

気付いた桐谷が腕を緩める。だが、ベッドから降りようとしたとたん、晴は、その場でカクンと膝を折ってへたりこんでしまった。

「あ……」

足に力が入らない。その足の間を、とろりと桐谷の残滓が流れ落ちてゆく。

「……っ!」

途中から「このまま中に出したい」と避妊具なしの行為を求められ、がくがく頷いて了承したのは晴だ。腰に残る鈍い痛みと恥ずかしさの両方に、また身体中が熱くなり、涙が滲む。

桐谷が慌てて手を差し伸べる。

「晴、どうしたい？　風呂に入りたいか？」

うつむくように頷いた。トイレにも行きたいし、シャワーも使いたい。

「すぐに湯を張る。先にトイレに行きたいなら……」

ひょいと軽く抱き上げられて、慌てて「下ろしてください」と言ったのだが、桐谷は真剣な表情で固く唇を結び、きっぱりと首を振った。

「じっとして」

そう命じると、騎士のように晴を抱いてトイレの前まで運び、便座の上に恭しく晴を下ろした。

「少しでも気分がさっぱりしたら、階下に下りてきて欲しい」

急がなくてかまわないから、と付け加える。そして、「やはり一度、きちんと話をしたほうがいいだろう」と、穏やかだが頑なな口調で告げた。

晴が頷くと、桐谷は一度バスルームを出て行った。

白い浴槽に湯が溜まり、晴が身体を沈めたところで、綺麗に畳み直した服を手にして戻ってくる。それを大理石の床の上にある籠の中に置くと、躊躇いがちに一度、晴の髪に触れ、まだ悔恨の残る目で晴をじっと見つめた。

やがてゆっくりとその目を伏せてのろのろと立ち上がると、ため息のような吐息を吐いて背を向ける。肩を落とした後ろ姿が扉の向こうに消えるのを、晴は広い浴槽の中から黙って見送った。

一階に下りると、五月の光が降り注ぐ明るい居間に、桐谷は頭を垂れて座っていた。桐谷の前にある大きめのリビングテーブルには、湯気の立つ紅茶と美しく盛り付けられたサンドイッチが載っている。

時刻は正午をまわっていた。

「空腹ではないかと思って……。口に合うといいのだが……」

身体にはまだ違和感があるし、食欲もあまり感じない。だが、勧められるままに端の一切れを口にすると、その味の良さに急に腹の虫が目を覚ました。

やわらかくしっとりとしたパンを使ったサンドイッチは、たっぷりの野菜とサーモン、チキン、ローストビーフ、それにさまざまなハーブやチーズを使った豪華なものだった。熱く香りのよい紅茶とともに口に運ぶうちに、盛られた大皿の半分ほどを、晴はしっかりと自分の胃に収めてしまった。

「よかった。食欲があるなら、少しは気持ちが落ち着いたのかな……」

詰めていた息を吐いて、ややほっとしたように桐谷が微笑む。紅茶のお代りを晴のカップに注ぎながら、「本当に訴えなくていいのか」と聞いた。

「金銭的な謝罪はできる限りするつもりだ。しかし、それだけでは十分とは言えないだろう?」

晴を傷つけた。そう言って、また顔を歪める。その歪めてさえ美しい顔を見つめ返して、晴は静かに首を振った。

自分も溺れたという事実を口にすることまでは、恥ずかしさが先に立ってできなかった。そのせいで理由はうまく伝わらなかったと思うけれど、それでもはっきりと、桐谷の申し出に対して首を横に振った。

「もう謝ってくれましたし、告訴はしたくないです……。お金をもらうのは、もっと嫌だし……」

本当にもういいのだと繰り返した晴は、それでも困惑しきっている桐谷の顔を見ているうちに、なぜだかふいに可笑しくなってきた。そして、思わずくすりと小さな笑みを零した。

桐谷が目を見開く。

「どうして笑う？」

「だって、なんだか気の毒になって……」

つたない言葉で理由を告げれば、桐谷はさらに驚いた顔をした。

「俺が、気の毒だということか……？　本当に俺を、ただ許すつもりなのか？」

晴は頷いた。

「だって、もうそんなに辛そうにしてくれてるんだから、いいです……」

端整な顔を苦悩に歪ませる桐谷の、眉間の皺をのばしてあげたいと思った。被害者は確かに晴のほうかもしれない。しかし、今苦しんでいるのはむしろ桐谷のほうだと感じていた。

感嘆とも驚愕ともつかない表情で桐谷は晴を見つめた。

わずかに見開いたままの美しい瞳に、晴はもう一度しっかりと頷いてみせる。もうこれで終わりにして欲しい、そんな願いを込めて。

実際、告訴だとか慰謝料だとかはどうでもよかった。桐谷が晴のことをきちんと理解し、心を気遣ってくれたのだから、もう十分だ。

桐谷がうつむき、ふうっと深い息を吐いた。

「これ以上は、かえって不快か……」

顔を上げ、まっすぐに晴を見つめる。何かに感じ入ったような光を湛えた瞳が、ようやく穏やかに微笑んだ。どこか諦めたような微笑は、晴に対する完全降伏の証らしかった。

「どうやら、俺の負けらしい。だが、礼を言っていいのかどうか……」

それでも、とりあえずは桐谷も気持ちに区切りをつけたようだ。優美な仕草で立ち上がり、新たな紅茶をポットに満たして戻ってくる。澄んだオレンジ色の美しい紅茶は、庭に咲く薔薇と似たよい香りがした。

カップを手にした桐谷が、ふと思いついたように口を開く。

「ところで、さっき言っていたハウスキーパーの面接というのは、いったいなんのことだ?」

首を傾げて問う桐谷に、晴のほうが戸惑う。プリントアウトした紙を挟んだファイルをトートバッグから取り出し、桐谷の前に差し出した。

「大学のアルバイト求人サイトで見つけたんですけど……」

軽く目を通した桐谷は、うーんと唸った。

「……言いにくいが、これは向かいの叶さんの住所だ。うちとは一番違いだな」

「え……っ?」

「うちと叶さんのところだけ、住居表示がまわりと続き番になっていないんだ。このあたりに住宅が増えるよりも前から、家があったからな……」

ぽかんと口を開いて話を聞いていた晴は、内容に理解が及ぶと、うなだれるように視線を落とした。

「違うおうちだったんだ……」

「そのアルバイトがしたかったのか？」

晴はこくんと頷いた。だが、もう無理だろう。メールで約束した時間はとうに過ぎている。約束を守れない他人を家の中に置きたいと思う人間はいない。

穏やかな声で桐谷が尋ねる。

「どうして、その仕事がしたかったんだ？」

晴は素直に事情を話した。

「本当は、大学もあるし、ちゃんとハウスキーパーの仕事ができるかどうかわかんないんですけど……」

晴の家族は、母と弟だけだ。父はいない。仕事好きで能力もある母は、女手一つでも、晴たちに経済的な苦労をさせたことはなかった。家を離れて私立の大学に進んだ晴の学費や生活費を稼ぎ出し、弟の雪《ゆき》の進学にも十分備えるだけの見通しも立てていた。

「素晴らしいお母さんじゃないか」

「はい。だけど、今度の人事異動で、母さんはちょっと出世しちゃって……」

「それは、よいことではないのか？」

「そうなんですけど……。今までは営業で、母さん、ものすごく成績がよくて、それでお給料もたくさんいただいていたらしいんです。それが管理職になると、前みたいに自分のことばかりじゃいけないみたいで……」

「ああ、なるほど」

優秀な営業職の人間が、時々通る道のようだと桐谷は頷く。

「母さんは何も心配するなって言うけど……。雪も……、弟なんですけど、今度受験だから塾にも行くだろうし、ぼくばっかりたくさんお金を使わせるのは申し訳ないから、せめて家賃の安いアパートに移ろうと思って……」

「なるほど」

「それから、できればアルバイトもして……」

晴の話に、桐谷はやや苦笑まじりに頷く。

「それで、住み込みのハウスキーパーか」

その問いに、実は少し違うのだと晴は首を振った。まだ続きがある。

「最初はそんな特殊なアルバイトは考えてなくて、普通に安いアパートを見つけて引っ越すつもりだったんです。予定も、ちゃんと決まってて……」

おや、という顔をしながらも、桐谷は先を促す。

「今いるところは今月いっぱいで出ることになってて、明日が引っ越しの予定でした。それが……」

「それが？」

「引っ越す予定のアパートがシロアリの被害がひどいことがわかって、急に建て替えることになったんです。古いアパートだったから……」

契約を白紙に戻すから、他を探すようにと言われた。壊すことになったのなら仕方がないと思ったが、そんなに急に新しい物件は見つからない。

「それはいつの話だ？　契約を白紙にすると言われたのは」

「先週です……。急にそこよりも安いところなんて探せないし、ぼく、ちょっと焦ってて……。今のところは今月いっぱいで出ることになってるから、もう何日もいられないし」

「ちょっと待て。今月いっぱいって言ったら、今日を含めて四日しかないじゃないか。新しく住む予定だったアパートからは、何か補償のようなものはあったんだろう？」

「特には……。敷金と礼金は返してもらえたけど……」

「そんなのは当たり前だ。だが、晴はそれだけじゃ困るだろう？　その分の補償がないのはおかしいじゃないか」

それは、そうなのかもしれないけれど……。小さく呟いたが、実際どうすればいいのか晴にはわからなかった。しゅんとうなだれた晴に、「晴を責めているわけではない」と桐谷は表情を緩めた。

「そのへんは、まあ後でもいいだろう……。とにかく、晴は住む場所と、できればアルバイトも見つけたいと考えて、一石二鳥の住み込みハウスキーパーに志願したというわけなんだな」

再びこくんと頷く。晴の顔をじっと見つめていた桐谷が、少し考えながら告げる。

「叶さんの家で働くのは、難しいかもしれないな……」

叶家には車椅子を必要とする大奥様がいる。その人の介助や話し相手も頼むつもりで募集したのなら、おそらく欲しいのは女子学生だろうと桐谷は言った。

「場合にもよるだろうが、トイレの付き添いなどに手が必要になるかもしれない。男子では絶対に無理だとは言わないが、採用される可能性は低いだろう」

「そうなんだ……」

肩を落とす晴に、桐谷がどこか探るように問いを重ねる。

「いずれにしても、面接には行けなかった。晴が叶さんのお宅で働くことはなくなったわけだな」

うなだれたまま、こくりと頷く。

「ほかに、何か当てはあるのか？」

晴はただ首を振るしかなかった。

少しの逡巡の後、かなり遠慮がちに桐谷が口を開く。

「……あんなことをされて、晴は本当に俺を許せるか？」

晴の頬が、にわかに熱を持つ。

「……から」

「うん？」

「……暴力とか、悪意とかじゃないって、わかった……から……」

怖いのは、行動の裏に潜む黒い影だ。それがないことがわかれば、気持ちはずいぶんと救われる。

それに、かなり淡白なほうだとはいえ、晴も男だ。快楽には弱い。あれほど気持ちのいいことをされて、桐谷を嫌えるはずがないと思った。

そう考えて、また頬の熱が増す。きっと真赤になっているだろう。

「それに、さっきも言った通り、もうたくさん辛そうにしてくれたから……。誤解も解いてもらえたし、だから、それはもういいです……」

赤くなったまま、そっと顔を上げて小さく微笑んでみせた。

そのまま、またうつむいた晴は、その顔をじっと見ていた桐谷が深い笑みを浮かべたことに気付かなかった。

「晴が……」

一度言葉を切って、晴の視線が上がるのを待ってから桐谷は続けた。

「晴が、もし俺を許してくれるなら、よかったらうちのハウスキーパーにならないか?」

「え……?」

「俺はここに一人暮らしで、部屋はたくさん余っている。おまけに仕事が忙しくて家事を頼める人手が欲しい。掃除は専門の業者に頼んでいるが、毎朝セキュリティコードを連絡しなければならないし、細かい要件で立ち会わなければならないことも多い。クリーニングの受け渡しやガーデニング業者とのやり取りも案外手間だ。それらの対応をしてくれる者がいると、とても助かるんだが……」

「で、でも……」

やはり許せないか? と問われれば、首を横に振るしかない。

「バイト代はせいぜい小遣い程度だが、食費と生活費、住居費は必要なくなる。働く時間も晴の都合で決めて構わない。それでいいなら」

「でも、それだと条件が良過ぎるんじゃ……」

晴が躊躇するのもかまわず桐谷は続ける。

「食事は作れるのか？」

「はい。あの、普通の家庭料理ですけど。ずっと家ではぼくが主婦がわりだったから……」

「だったら、食事も頼めると助かる。外食ばかりだと飽きるんだ。晴の分も一緒に作って、同じテーブルで食べてくれれば言うことはない」

そんな都合のいい話、と眉を寄せれば、やはり許してくれないのか？　と桐谷がまた辛そうな顔で覗き込む。

そんなやり取りを何度か繰り返すうちに、とうとう晴は、桐谷の申し出に頷いてしまった。人が聞いたら、絶対にやめておけと言うだろう。晴も頭ではそう思う。

だが、目の前の桐谷からは、何も悪いことが想像できなかった。晴の中のどこからも、危険に対する警告音が聞こえてこなかったのだ。

それに、どのみちアパートはすぐに出なければならない。どこか行くところを探さなければいけないのだ。

だったら、これも神さまのお導きかもしれないと思って、覚悟を決めることにした。すでに乗ってしまった流れに身を任せてみることにしたのだ。

そして、翌日には桐谷の手配で引っ越しを済ませた。あっという間の出来事だった。

【2】

駅から伸びるまっすぐな大学通りを、晴は一人でのんびりと歩いていた。桐谷の家から大学の最寄り駅までは電車で一本、たった二駅の近さだった。

引っ越しが済んだ後、落ち着かない気持ちで部屋の隅に立っていた晴に、桐谷はまるでわざと自分の存在を意識させるかのように近づいてきた。髪に触れられ、驚いて見上げた晴を、穏やかな瞳が見下ろした。

『難しいかもしれないが、俺を怖がらないでほしい。晴が嫌がるようなことはしないと約束する』

真摯に告げられた言葉に、晴は何も言えずに頷いたのだった。

そして今朝、新たに桐谷から聞かされたことに晴は驚きを隠せなかった。なんと桐谷は、晴の通う南ヶ丘大学の准教授だったのである。

桐谷から受けた説明によれば、一昨年までは桐谷自身が代表を務める法律事務所で弁護士として働いていた。徐々に事務所での実務を減らし、現在はいくつかの案件を残しているだけで、ほとんどオーナーとしてのみ関わっている。弁護士の仕事よりも大学の准教授としての仕事のほうが、今は中心になっているとのことだった。

『弁護士さんで、しかも法律事務所のオーナーで、大学の先生って……、いったい桐谷さんは何歳なの?』

いきなり人に年齢を尋ねるのは失礼だとわかっていたが、見た目の若さとあまりの地位の高さや経歴とのギャップに、晴は思わずそう聞いていた。

桐谷は拗ねたように聞き返した。

『いくつだと思うんだ?』

整いすぎるほど整った容貌からは、年齢がよくわからない。首を振ると、桐谷はなぜか苦々しい顔で『三十四だ』とボソボソ告げた。一回り以上も違うと、肩を落として小さな声で続ける。

桐谷が何に落ち込んでいるのか、晴にはよくわからなかった。

大人の男として十分過ぎるほど完成された桐谷の佇まいを見れば、その年齢も納得できる。黙って頷く晴に、桐谷はなぜだか再び深いため息を吐いて小さく首を振っていた。

不義理をしてしまった叶家には桐谷が話を通してくれた。なりゆきで晴が桐谷の家でハウスキーパーをすることになったことも、桐谷の口から叶家に伝えてくれたらしい。手違いで面接に行けなかったことも晴に代わって詫びてくれたという。

本来ならば自分で謝りに行くべきだと思うのだが、複雑な事情をうまく説明できる自信がなかった。尋ねられれば嘘は吐けない性分でもあり、難しいやり取りをせずに済んだことに、正直ほっとした。うしろめたさはあるけれど、ここは素直に桐谷に感謝したい。

「晴ー、おっはよー」

背後から聞こえた元気な声に振り向く。女子が数人かたまって歩いていた。その中の一人、同じ工学部二年の笹塚《ささづか》亜衣《あい》が大きく手を振っている。

「おはよー。亜衣」

笑顔で挨拶を返すと、亜衣は足早に近づいてきて小声で尋ねた。

「ねえ、晴……、ハウスキーパーのバイトってどうした?」

「あ……、決まった」

「え……、決まったの?」

うん、と頷いて首を傾げる。亜衣は眉間にかすかな皺を寄せていた。

百七十センチの晴の目線よりだいぶ低い位置で、少しきつめの印象のキリっとした目が眇められる。しっかり者で行動派の亜衣は、小柄ながらも均整のとれたスタイルをしていて、勝気な性格を物語るツンとした顎が特徴的な美人だ。

どこかほわんとした晴を日ごろからサポートしてくれる頼もしい友人の一人でもある。その亜衣が声をひそめたまま顔を寄せてくる。

「実は、へんな噂を聞いたのよ……」

「へんな噂?」

「うん。住み込みのハウスキーパーのバイトで、性的な被害に遭った学生がいたらしいの」

心臓が飛び出しそうになった。

「だから、ちょっと心配になって……。男の子だって気をつけなくちゃだめだよ。晴は並の女子より可愛いんだから」

何も言えずに固まっていると、頬をぎゅっと摘まれた。

「ほんとに、なんでこんなに白くてすべすべなの？　顔は小さいし、目は大きいし、髪の毛だって茶色でサラサラだし」

お人形さんか、とさらにぎゅっと頬を引っ張られて「痛い」と涙目になる。こんな口を利きながらも亜衣が心配してくれているのがわかった。

ゆっくりと追いついてきた他学部の女子たちが、亜衣の袖を引っ張る。「紹介して」と囁くのが聞こえた。

大学に向かう人の流れに合わせて歩きながら、亜衣の高校時代の友人だという何人かの女子に紹介された。「彼女はいるの？」とか、「どこの高校だったの？」とか、ありきたりの質問をされて、その一つ一つに丁寧に答える。

柔らかな晴の対応に、知り合ったばかりの彼女たちもすぐに打ち解けて、それぞれ自分たちのことを話し始めた。晴は、特に女子を苦手だと感じたことはない。亜衣を筆頭に、普段から会話をかわす女友だちも多い。けれど、実を言うと「カノジョ」なるものを持った経験は二十歳のこの年まで一度もなかった。

「本当に、カノジョいないんですかぁ？」

驚いたように聞かれて、はにかみがちに頷く。

「えー、だったら私、立候補しちゃおうかなあ」

「えー。ずるい。それなら私も」

そう言ってはしゃぐ彼女たちに嫌悪感があるわけでもない。それでもいつも、「ごめんね」と言って終わりにしてきた。気持ちは嬉しいけれど、あまり時間もないからと言ってやんわりと断ってきたのだ。

実際に、晴は忙しかった。一家の主夫として家事の大半をこなし、勉強や部活や委員会の活動もそれなりに頑張ってきた。晴に気持ちを伝えてくる女子たちは、たいてい晴の家庭事情もどこかから聞いて知っていたし、晴がほかの誰に対しても同じように断ることも知っていた。だから、告白が受け入れられなくても、案外穏やかに許してくれた。そのくらいの軽い気持ちだとわかっていたから、晴も断りやすかったのだと思う。

やっかみ半分に『カノジョ作ってヤりたいとか思わねえの？』と聞いてくる男友だちもいたが、首を傾げて苦笑を返すだけだった。晴がそっち系ならと、ふざけて肩を抱いてくる男友だちには、そういうのとも少し違うのだと軽く首を振れば、そうかと笑って引き下がり、強く迫られることもなかった。

『晴は奥手だからな』

『そこがまた可愛いんだよな』

そう言って誰もが晴を許し、いっそいつまでもそのままでいてくれと笑ってくれたのだ。そんなわけで、恋とは無縁の二十年を生きてきた。それで特に不満もなかった。

プラタナスの並木が続く歩道をしばらく彼女たちと一緒に歩いた。話題が学部や先生のことに移っているのに気づいて、晴は法学部に在籍するリサという名の女子学生に尋ねた。

「桐谷先生って、どんな先生？」

「桐谷先生？」

彼女はうっとりと、頬に手を当てて微笑んだ。

「すごく素敵よぉ……」

しかし、すぐに真顔になって低い声で続ける。

「厳しいけどね」

リサ曰く、見た目はとにかく超完璧、授業も完璧、人間としても多分完璧。そのため、少し近寄り難いのが玉にキズなのだという。

「騒いで迷惑かけたり、くだらないこととして軽蔑されたりしたくないじゃない。でも、憧れてるコは多いよ。若く見えるのに、大人の男の魅力がむんむんしてるし……」

「大人の男の魅力がむんむん？」

興味を持った亜衣が、晴とリサの間に割り込んできた。

「なんて、素敵！　工学部にもそういう先生、来てほしい」

「ふふふ。一度、見に来る？」

リサに聞かれて、亜衣は二つ返事で「行く！」と答えた。いつにも増して積極的だ。

「でも、どうして晴が法学部の先生を知ってるの？」

「え……」

亜衣に聞かれて言葉に詰まる。

あの日の出来事については当然誰にも言うつもりはなかったが、ハウスキーパーをしているのが桐谷の家だということも、安易に口にしてはいけない気がした。桐谷のプライバシーに関わることだからだ。

「え、と……。なんとなく……」

曖昧に言葉を濁すと、心得たようにリサが言った。

「雑誌か何かで見たんでしょ？　桐谷先生って超有名な弁護士だもん。本も書いてるし、たまにテレビにも出てるよ」

「なにそれ。そんなかっこよくて成功してるいい男が、うちの大学にいたの？」

亜衣はさらに前のめりになって「絶対、見に行く！」と拳を握りしめる。

「ね。晴も行こう。すぐにでも作戦練って、絶対見に行こうねっ！」

「う、うん」

勢いに押されて頷きながら、晴は別のことを考えていた。

（雑誌やテレビ……）

そんなに社会で成功を収めている桐谷が、どうして晴に「告訴をしろ」などと言えたのだろう。とても口先だけで言っているとは思えなかった。

（今までに築き上げた、地位とかそういうの、全部失くすことになるのに……）

コンクリートの正門を抜け、文系学部のリサたちと別れると、今は葉桜となっている桜並木を抜けて、敷地の奥の工学部校舎に向かった。

一限の終わりを知らせる鐘が、風に乗ってのんびりと流れてくる。

「よおっ、お二人さん！」

背の高い青年が手を挙げて近づいてきた。

「あ、田沢《たざわ》。おはよー」

亜衣がハイタッチで迎える。田沢勇斗《ゆうと》は長身を折り曲げるようにして亜衣と手を合わせた。一浪しているので、田沢の歳は晴たちより一つ上だ。最初に『ため口で頼む』と言われ、そのまま親しくつきあっている。明るい性格と人懐こい笑顔が魅力で、女子にも男子にも人気がある。

亜衣と田沢と晴は同じ工学部建築学科に在籍し、選択している講義も大半が同じだった。そのため、空き時間も含めて一緒にすごすことが多い。

「俺、やっぱり成瀬先生のゼミにしようかな」

歩きながら田沢が口を開く。三年次からのゼミを決める進路希望調査が夏休み明けにあるため、最近はよくこの話になる。

「成瀬先生、希望者多そうだよね。川本先生なら余裕があるみたいだけど……」

「晴と亜衣も意匠設計系に進みたいんだよな？」

二人は同時に頷いた。

一言に「建築学科」と言っても、学びたいことは人によってさまざまだ。

例えば、亜衣はかなりデザイン要素の強い意匠設計を学びたがっているし、田沢は、同じ設計系でも、特に公共施設やホテルのような大規模な建築物に興味を持っている。街全体をデザインする都市計画系や、材料や新建材について学びたい者もいる。環境や設備、バリアフリーなどに興味がある者、構造を専門にしたい者など、目指す方向によって専攻も多岐にわたる。

晴はごく一般的な、人の暮らす空間としての建物に興味があった。住宅だけでなく、あまり規模の大きくない店舗や公共施設の設計などにも関われればいいと考えている。そのため、設計系のゼミの中でも実務的な意匠設計を多く扱う成瀬ゼミを第一希望にするつもりだった。

晴が成瀬のゼミを希望する理由は、ほかにもあった。

晴の実家があるのは、東京駅から新幹線で一時間ほどの距離にある地方都市なのだが、比較的歴史のある街で、市役所や図書館のほかに市の成り立ちを紹介する歴史博物館を有していた。博物館の隣には市民ホールが併設されていて、そのどちらもが十年ほど前に建てられた。

晴はそのうちの市民ホールの建物が特に好きなのだが、その二つの建物を設計したのが、同じ市の出身者である成瀬なのだ。

市民ホールには風と光を取り込んだ吹き抜けの中庭と、シンプルな四角い石段に水が流れる小さな「池」が設えてあった。簡素でありながら美しくデザインされた中庭を見て、晴は初めて建築の設計というものに興味を持ったのだった。

中堅の不動産会社で働いていた母の仕事の影響もあり、もともと建物に対する興味はあったのだが、あの市民ホールを見た時から、晴の興味はよりはっきりとしたものになっていったように思う。

自分の進路を考える頃になると、ごく自然に建築を学びたいと思っていた。

南ヶ丘大学を志望したのも、成瀬が教鞭を執っていたからだ。学力レベルが合っていたこともあり、ほとんど迷うことなく第一志望に決めた。

教室に着くと、ここでも学生たちが数人、三年から所属するゼミの選択について話し合っていた。南ヶ丘大学の場合、理系でも三年次にゼミを選択する。そのゼミが四年次から所属する研究室とつながっているため、ここでどのゼミに入るかが、将来の進路に大きく影響するのだった。

「俺らだけでも六人か……。やっぱ、かなり定員、超えそうじゃね？」

「定員超えたら成績とレポートで決めるんだっけ？　学生同士の話し合い、あそこのゼミでは基本的にしないらしいな」

「ほぼ成績順かぁ。ちょっとやばいかもなあ……」

「成瀬ゼミ？」

田沢の問いに、友人たちが一斉に頷く。

「やっぱり人気なのか」

「まあ、看板教授だしな」

「うちのサークルの某Aさんが、付け届けしたって噂があるよ。袖の下」

「え、マジかよ」

飲み会がメインでほとんど試合や練習をしないことで有名な某テニスサークルのメンバーが、彼の母親らしき女性と一緒に成瀬の研究室から出てきたのを見た者がいると言う。彼は実家が裕福であることを隠さないタイプの学生で、成績は良くもないかわりに悪くもない。わざわざ母親同伴で研究室を訪ねる理由がわからないと言うのだ。

「だから、賄賂を渡しに行ったんじゃないかって……。ま、噂だけどな」

「賄賂はともかく、先生によっては、好き嫌いで学生を選ぶことはあるらしいよ。事前の根回しが重要だって、先輩たち、けっこう口を酸っぱくして言ってた」

「俺、そういうの苦手だよ。なんだか心配になってきたな……」

進路にかかわる問題だけに、みんな真剣だ。

「根回ししたくても、成瀬先生の研究室、鍵がかかってることが多いよな」

「うん。なかなか会えないんだよな」

「ツテがないとだめらしい」

「そのツテとやらを持ってるやつ、誰かいないのか」

晴はふと目を上げ、彼らに聞いた。

「みんな、そんなに成瀬先生のゼミがいいの？」

「そりゃあな……。就職とかにも有利だし」

「そっか……」

もともと成瀬に学びたいと考えていた晴は、去年も今年も成瀬の講義はほとんど受けている。そのせいか顔を覚えられ、成瀬のほうでも同郷の晴に目をかけてくれている節があった。何度か食事をどうかと誘われたこともあったが、予定が合わず、何となく気も進まなかったので応じたことはない。

（ツテ……、ぼくのほうからなくしてたかも……）

仲間の力になれそうなチャンスを自ら棒に振ってしまったようで、少し申し訳ない気持ちになる。

（でも、それならぼくは違うゼミでも……）

成瀬に学べることを期待して入学したのは事実だが、なぜか今はそれほどのこだわりがなかった。意匠と構造をバランスよく学びたいのなら、同系統の川本准教授のゼミもある。成瀬に師事したい気持ちが全くなくなったわけではないが、椅子の数が限られているのなら、自分は川本ゼミでもいいかもしれないと思い始める。

寡黙で控えめだが常ににこやかな川本准教授を、晴は好ましく思っていた。むしろ、川本ゼミのほうが自分に合っているような気さえしてくる。

（大事なことだし、本当に行きたいのはどこか、よく考えてから決めよう）

授業の開始を告げるチャイムが鳴り、そこでいったん、この話は終わりになった。

「ただいま、晴」

チュッとつむじにキスを落とされて、右手にお玉を持ったまま晴は固まった。

「お、おかえりなさい……」

声がうわずる。心臓がドキドキ騒いで、そわそわと落ち着かなくなった。耳が赤いと軽く指先で摘ままれて、身体の奥がきゅんと疼いた。耳だけでなく顔も赤くなっているに違いない。

晴の嫌がることはしない。そう約束した桐谷は、晴が嫌がっていないという理由だけで、毎日こうして軽い調子で触れてくる。

最初にあんなことがあった時には、ひどく落ち込んで反省していたのに、今では暇さえあればこうして甘い接触を仕掛けてくるのだ。どういう意図なのかと不思議に思うが、じっと見つめていても桐谷は涼しい顔で笑うばかりだ。

「だって晴は、嫌ではないのだろう?」

あまりに綺麗な顔で聞かれれば、何も言えずに視線を彷徨わせるしかなかった。

あの日から、今日で一週間になる。晴がこの家に住み始めて六日目が過ぎようとしていた。その間に桐谷は、さりげなく髪を撫でることから始めて、少しずつ肩や腰を抱き寄せるようになり、やがて頬や額への速攻のキスを落とすようになっていた。

それらはあまりに自然な仕草で、しかも思いのほか素早く触れてくるので、晴は抵抗するタイミングを逃し続けていた。そうこうするうちにだんだんと慣らされてしまい、今のような状況に至る。

「先生、明日は土曜日だけど、朝はいつも通りでいいの?」

まだ顔が熱かったが、なんとか平静を装って聞いた。敬語はすでに桐谷によって禁止されている。家の中でそんな話し方をされては落ち着かないと言われてしまえば従うしかない。初めのうちこそ躊躇いがあったが、慣れてしまえばボロを出す心配がないのでかえって楽だった。

「晴にも休みが必要だろう? 土日は休日にすればいい」

答えながらスーツのジャケットを椅子の背にかけ、桐谷は晴の隣にやってきた。揚げたばかりの天ぷらを手際よく皿に盛りつけ、ヌックの丸いテーブルまで運んで行く。桐谷の家には広いダイニングルームのほかにキッチンの隣にヌックと呼ばれる小さな部屋があり、普段の食事はそこで取った。広すぎる家の中で、この小さな空間はとても便利で使い勝手がよかった。

「でも、平日だって、たいしたことしてないのに……」

掃除は毎日専門の業者が入るので、晴のすることと言えば日毎に変わるセキュリティコードを連絡することとくらいだ。あとは、せいぜいテーブルや水回りを簡単に拭く程度。洗濯も、たいていのものはクリーニングに出してしまう。以前はシーツやタオルはおろか、下着まで業者に出していたらしいのだが、さすがにそれは、晴が自分のものと一緒に洗う許可を得て洗濯機で洗うようになった。

ほかに買い物と食事の支度をしても、自宅にいた頃とたいして変わらない。これで、わずかとはいえお給料までもらっているのだから、休日などもらったらバチが当たる。

天つゆを仕上げながら、そんなことを言うと、「晴は面白いな」と笑って、また桐谷は晴の頭をくしゃくしゃと撫でた。

「では、明日の朝はいつも通りにしてくれ。用事ができたら何か頼むかもしれないが、それ以外は好きにしてくれてかまわない。出かける時だけひと声かけてくれると助かる」

「はい」

一応、返事はしたが、ずいぶんと緩い。これではまるで家族と同じだ。

そもそも桐谷は、晴を自分が雇った使用人というより、たまたま預かった親戚の子どもか何かのように構ったり甘やかしたりしている。もう少しケジメがあったほうがいいのではないかと、初めの頃にそれとなく言ってみたのだが、そういう堅苦しいのは苦手だとあっさり却下されてしまった。

「ああ、そうだ。もしかすると、午後から来客があるかもしれない……」

思い出したように桐谷が言う。

晴は張り切って、それならばお茶出しくらいは頑張ろうと思った。

（それにしても、お休みの日まで大変だな……）

桐谷が忙しいことは、この一週間の様子を見ていてよくわかった。

大学の講義がない日には法律事務所に顔を出す。大学も事務所も家から近く、夕食の時間には必ず帰ってくるのだが、その後はまた書斎にこもって仕事をしたり人に会うために出かけていったりする。何もしていない時間はほとんどなかった。まさに分刻みの忙しさ。

そして、そんな密度の濃い時間をすごしていながら、桐谷は少しも慌ただしい気配を感じさせることがなかった。忙しさに慣れた人間の、時間を管理するスキルの高さをひしひしと感じる。桐谷の頭の中ではやるべきことが常にはっきりと形になっているらしく、次の行動に移るまでの間に全く無駄な動きがなかった。

普通、何か一つのことをやり終えたら、多少なりともぼーっとする時間がある気がする。次のことを始めるまでのインターバルが必要というか、ひと息つくと言うか……。中には、やるべきことがあるのがわかっているのに、いつまでもぐずぐずして手をつけない人もいるくらいだ。

桐谷の行動にはゆとりがあるのに無駄がない。今もさりげなく晴を手伝って調理済みの天ぷらを皿に盛りつけて運んでくれた。おかげで晴は慌てることなく、予定よりも少し早く夕食の支度を調えることができた。

「いただきます」

一緒に手を合わせて食事を始める。さっくり揚がった天ぷらにひそかに安堵したところで、晴はさっき思いついたことを口にした。

「お客さんて、お仕事関係の人？　ぼく、お茶出ししたほうがいい？」

「そうだな……。一応、事務所のほうの客でもあるんだが……」

頷きかけた桐谷は、晴の顔をじっと見て、なぜか少し顔をしかめた。

「いや、いい。晴は自分のことをしていなさい。大学の課題とか、勉強とかいろいろあるだろう」

そちらをしっかり頑張りなさいと、急に先生口調になってしかつめらしく告げる。そのまますまし切った顔でまいたけの天ぷらを口に運び、さくさくと軽やかに咀嚼し始めた。

（あれれ？）

なんだか奇妙な気がした。けれど、何か特別な事情があるのかもしれないので深くは聞かないことにした。素直に頷いて、自分も食事を続ける。天ぷらと冷ややっこ、オクラとトマトのもずく和えという庶民的なメニューだが、チラリと盗み見た桐谷は黙々とそれらを口に運んでいる。晴はちょっと安心した。

「御馳走さま。今日もなかなか美味かった」

何も残さず綺麗に食べ終え、桐谷が手を合わせる。いつものようにさっと立ち上がり、すぐに書斎へと引き上げていった。その後ろ姿を見送りながら、晴はふと、明日来るお客さんとはどんな人だろうと考えた。

（あんまり会ってほしくなさそうだった……。顔は出さないほうがいいのかも……）

二階にいれば鉢合わせする心配もないだろう。せっかくまとまった時間ができたのだから、集中して図面の課題に取り組むのもいいかもしれない。

晴には事情がわからないのだから、とにかく邪魔だけはしないようにしようと心に刻んだ。

【3】

受験の年に晴が見た南ヶ丘大学の入学案内には、成瀬の写真が大きく載っていた。特集記事として、建築家としての成瀬の紹介ページが見開きで四ページも掲載されていたのを覚えている。

その入学案内のパンフレットで、今一番目立っているのは、晴の雇い主でもある桐谷だ。意欲と行動の人である亜衣が、早速事務局から一冊拝借してきた。それが学生ラウンジの丸テーブルの上に広げられている。

「マジでカッコイイね。一度でいいから本物を見に行きたいなぁ」

広い大学の構内で、文系学部の准教授である桐谷に遭遇する可能性は低い。工学部の教室や研究室は敷地の外れにあり、食堂と兼用の学生ラウンジも別に設けられているので、なおさらだ。

「大教室とかの授業なら、紛れ込んでもわかんないかもな」

田沢の言葉に、亜衣は「なるほど」と手を打った。早速リサにメッセージを送り、時間割を聞いている。この熱意と行動力が学業面に向かえば、亜衣はものすごく優秀な学生になる気がする。

「わかったから、その入学案内はもうしまえよ。構造の課題、晴のと答え合わせしとこうぜ」

三限の空き時間、工学部の学生ラウンジは空いていた。

「構造計画って、あたしちょっと苦手なのよね」

「俺も……」

亜衣と田沢がそろって口をへの字に曲げる。

晴はわりと好きな科目だった。担当教員の川本の説明はわかりやすく、重力の流れや計算が作り出す構造の美しさを教えてくれる。優れた建築物は構造的にも美しい均整を保持していることを、晴は川本の講義で学んだ。

「晴って意外とこういうの、好きよね」

「意外と……って？」

「だって、なんだかインテリアとかデザインとか、意匠設計のほうが好きそうに見えるから」

見た目が可愛いからな、と田沢がくしゃくしゃと晴の頭を撫でる。田沢にとって、晴は実家の愛犬に近い存在らしい。慣れたスキンシップを受け流し、晴は答えた。

「意匠も好きだよ。でも、構造も好き。表面の装飾も大事だけど、中身の形が綺麗な建物が好きなのかも」

内装やインテリアに気を遣えば、ほとんどの建物が、見た目は綺麗になるだろう。化粧が上手な人と同じだと言っていた人がいるが、ちょうどそんな感じだ。そのこと自体は悪いとは思わないけれど、形そのもの、中身が美しい建物が晴は好きだった。

柱の位置や梁の掛け方が丁寧に考えられているものは、それだけで美しいと思う。さらに意匠と構造がうまく調和していると、見ているだけで幸せな気分になる。

どちらが大事というのでなく、どちらも犠牲にすることなく上手く活かし合えている建物というものが存在する。補い合うだけでもすばらしいのだけれど、その形であることそのものが、その建物の美しさを創り出す、そんな形状があるのだ。

例えば、縦方向にきちんと並んだ窓はデザイン的に美しいだけでなく、左右の柱や壁が安定して荷重を支え、強さも兼ね備えている。身近な例を挙げれば桐谷の家がよい見本だ。あの家は意匠も美しいけれど、構造的にもとても美しいのである。

「構造が綺麗な建物は、意匠も綺麗なことが多いと思う」

「確かにそうね」

「うん。それはわかるな」

そんな話をしながら課題の答え合わせをしていると、静かだったラウンジに突然大きなバリトンの声が響いた。

「美原くんたちじゃないか」

自分の名を呼ばれて、晴は顔を上げた。

「希望ゼミは、もう決めたのかな？」

大柄な男性が勢いよく歩いてくる。年齢に似合わない真っ黒な髪と彫りの深い日に焼けた顔が目に入った。晴たちの目の前まで来ると、ぐっと胸を反らせて白い歯を見せた。

「成瀬先生」

パーツの大きな濃い印象の顔で、成瀬教授が「うむ」と鷹揚に頷いた。

「私のゼミに入りたいのなら、なるべく早く希望を出しなさい」

晴たちは何も言っていないのだが、成瀬はいきなりそんな話を始めた。「先着順にするつもりはないが、希望者が多いようなら早めに締め切ろうと思っているのでね」と、どこかもったいぶった口ぶりで続ける。

ゼミ選択の希望を提出するのは夏休み明けだ。おおよそ考えてはいるが、最終的にどこを希望するかは、まだはっきりと決めていない。

成瀬は自信に溢れた様子で続ける。

「なにしろ私のゼミは、毎年選考が大変なんだ。だが、見込みのある学生には、あらかじめ面接やレポートの相談に乗ることもあるから、時間のある時にでも私の研究室に来なさい」

一気にそう言うと「そうだな。明日あたり、どうかな？」と続けて、濃い笑みを浮かべる。

唐突な提案に、晴たちはきょとんとした。呆気に取られたまま「はあ」と間の抜けた返事をすると、成瀬は太い眉をぴくりと動かした。それからふいに腕時計に視線を向ける。凝ったデザインの時計が晴たちの視界にも入った。

年齢でいえば五十を超えているだろう建築学科長は、今でも服や装飾品をDCブランドと呼ばれる個性的なデザインのもので固めている。六月に入って蒸し暑い日も増える中、トレードマークの黒いタートルネックの上にジャケットを重ね、額にはじっとりと汗を浮かべていた。

(暑くないのかな?)

ちゃんと話を聞かなければと思いつつ、ぴったりと首を覆う黒い布地があまりに息苦しそうで、ついそちらが気になってしまう。

「今週の昼休みならいつでも来てくれて構わない。とにかく一度、私の研究室に足を運びなさい」

なるべく早いうちに、と念を押すように繰り返し、どこか気障《きざ》な仕草で片手を上げると、来た時と同じように大股で立ち去っていった。

成瀬が行ってしまうと三人は顔を見合わせた。

「先生から声をかけてくれることも、あるんだね」

「晴は成瀬先生に気に入られてるからな……」

亜衣と田沢が、苦笑混じりに言った。

「同じ市の出身だから、ちょっと気にかけてくれてるだけじゃないかな……」

同じ笑いを返しながら、あの中庭を作った人なんだよなぁ……と頭の中で考えた。魚の小骨のような小さな違和感が心の奥に引っ掛かっていた。

「だけど、先生のほうから声をかけてくれるってことは、成瀬研究室開かずの扉説は何だったんだろうな」

「謎ね」

「でも、せっかく先生のほうから言ってくれたんだし、早速、明日にでも行ってみるか」

「そうね。選考に通るレポートの書き方とか聞けたらラッキーだし」

亜衣と田沢が頷き合い、「晴も行くでしょ?」と聞いた。

「え……?　ぼく……?」

どうしようかなと曖昧に笑った晴の頭を、田沢がぽんぽんと叩いた。

「なんで迷うんだよ。なんだかんだ言っても、あのゼミに行った先輩は、みんないいとこに就職してるんだぞ。成瀬先生が持ってる企業とのつながりって、やっぱり他所とは違うんだよ」

「うん……」

就職は避けて通れない関門だ。学びたいことを学ぶのが一番大事なことだけれど、就職のことを考えて進路を決める者は多い。

「就職かぁ。確かに成瀬ゼミ、いいとこ入るよね」

大手と呼ばれる名の知れた設計事務所やゼネコン、難関のデベロッパーなどにも入社している。

建築学科の学生は卒業すれば建築士の受験資格が得られるし、その試験に合格すれば建築士免許が取得できる。比較的仕事に困ることはないのだが、それでも大手企業への就職は、安定した豊かな未来へのゴールデン・パスポートなのだ。

成瀬ゼミの希望者が多いのには、この就職先への太いパイプも影響しているのだろう。

「でも、あたしは違うよ」

亜衣がキラリと目を輝かせて言う。

「あたし、ここを受ける時に、成瀬先生の作品を決め手にしたんだもん。成瀬ゼミに入らないなら、この大学に来た意味がないよ」

だから絶対譲れないと、キリっとした顔で続けた。

「絶対、成瀬ゼミに行きたい。入学してみて、意外と本人が暑苦しいのには驚いたけど」

「ある意味、作品のイメージ通りだったけどな」

田沢が言い、二人がぷぷっと笑う。確かに作品も暑苦しいねと。

「晴もあたしと一緒なのよね。先生の作品に魅かれて、ここを選んだんでしょ」

亜衣の言葉に、晴は首を傾げた。成瀬の作品の一つに、晴は確かに魅かれた。だが、建築家として成功を収めた成瀬にはかなり多くの作品があり、晴が目にしたのはそのごく一部でしかなかった。

晴の頭に浮かぶのは、故郷の市民ホールの中庭だ。

重厚さや豪華さで知られる成瀬作品には珍しく、軽やかでシンプルな佇まいが印象的だった。それでいて、隣接する博物館との揺るぎない調和と均衡を備えた美しい建物。

なぜかあまり表に出てこないが、あの市民ホールに現れたような一面も成瀬は持っているはずなのだ。そう考えることで、小骨のような小さな引っ掛かりを無理やりのみ込んだ。

窓を開けて夕方の風を入れると、広い家は生き返ったように呼吸をし始める。家中に風を通す晴の習慣を、空調機器だけで調えていた頃より気持ちがいいと言って桐谷は喜んだ。

初夏の風と光は、自然が与える恵みの中でも最高のものの一つだろう。それを存分に享受できる住環境は至福だ。

風の通り道を十分計算して改装されていることにも気付いていたので、古い家への愛情と改装した設計者への敬意を込めて、晴は可能な限り家に風を入れるよう心掛けた。

ヌックのテーブルに斜向かいに座って夕食を取りながら、食事の所作さえ美しい桐谷についい見とれていると、斜め方向にあるその横顔から笑みを含んだ視線が投げられた。

「俺の顔に何か付いているか」

「う、ううん」

慌てて首を振り、ドキドキしながら視線を逸らす。自分でもヘンだと思いながら、食事に集中しようと考え、テーブルの上に目を向けた。

桐谷がクスリと笑い、耳が赤くなるのが自分でわかった。何か別の話題を探そうとして、晴はふと、法学部でも桐谷のゼミには人気が集中して大変なのではないだろうかと考えた。桐谷は、大学案内のパンフレットにも見開きで登場するような著名な人物で、この通りの超美形なのだ。

「先生は、ゼミに希望者が殺到したら、どういう基準で選考するの?」

「うん?」

晴に視線を向けた桐谷が、ふっと笑った。

「俺のゼミに、希望者は殺到しない」

「えっ？」

あまりに意外な答えに晴は目を丸くする。斜め方向から伸びてきた桐谷の手が、晴の鼻をちょんと摘まんだ。赤くなるのを見て嬉しそうに笑う。

「希望を出す段階で成績の基準を設けている。それにあの学部では、俺は鬼か悪魔かのように思われていて、よほど気骨のある者以外は、俺のゼミに入ろうなどと考えない」

だから常に定員割れなのだ、と屈託なく笑う。

「おかげで論文指導が楽だ」

ぽかんとしたままの晴に桐谷が聞いた。

「ゼミの選択で、何か迷っているのか？」

「あ、うん……。なんとなくここがいいかなぁって思ってたゼミが人気で、入れるかどうかわからなくて……」

「どうしてもそこで学びたいという強い熱意があれば、たいていの先生は採ってくれると思うが？」

「先生なら、熱意で採ってくれるの？」

「まあ、ある程度の成績に達していればな」

「やっぱり成績なんだ……」

桐谷が苦笑する。

「努力の片鱗さえ見せずに熱意だけゴリ押しされても、授業のレベルについてこられないのでは意味がないだろう? だが、優秀であることよりも大事なものがあるとは思っている」

どうしてもそこで学びたいものがあるなら、それをきちんとプレゼンすればいいと桐谷は言った。

「例えば、今、俺が研究しているのは法そのものだから、もし同じ能力の学生が二人いて、どちらかを選ばなければならないとしたら、実務の力を付けたいと考えている学生には他のゼミを勧めて、学術的な興味をアピールする学生を採ると思う」

桐谷の事務所では主に企業法務や企業間取引を扱っていて、桐谷自身も、ごく限られた数とはいえ、今もいくつかの企業で顧問弁護士の地位にある。金銭的な利益が大きい分野であるため、高収入を望む学生たちは、その方面の実務について学びたがる。けれど、現在の桐谷の専門は法律そのものの研究だ。企業関係の実務については、ほとんど扱わないのだと言った。そのせいでゼミの希望者は余計に少ないのだと笑う。

「だが、ゼミや研究室のチームワークはいいし、議論も活発で楽しい」

学問を学ぶ上で、それはとても大切な要素だと思うと言って微笑んだ。晴は大きく目を瞠《みは》り、ゆっくりと頷いた。

「晴が学びたいと思っていることが、希望するゼミと合っているなら、それをしっかり伝えてみるといい。その熱意がまっすぐ届くようなら、そこでの学びは充実したものになるだろう」

「うん」

頭の中で成瀬の代表的な作品群を思い浮かべる。自分が学びたいのは、ああいった建築だったのだろうか。

（ぼくが、学びたいこと……）

小さな違和感でしかなかったものが、少しずつはっきりしたものに変わってゆく。晴の中に不安と疑問が芽生えた。

何かが違う。その何かはとても大切な何かだと、本能が警告していた。

（あのホールを設計したのは、本当に成瀬先生だったのかな……）

かつて晴の心を強く捉え、晴を今の場所まで導いた故郷の市民ホールは、構造と意匠が緩やかに、それでいて巧みに融合した稀有なデザインを備えていた。機能性を損なうことなく余分な装飾を削ぎ落した、簡素で誠実な美しさに晴は魅かれたのだ。

他の成瀬作品に、それらを感じ取ることができないのはなぜだろう。

「……もう一度、よく考えてみる」

晴がぽつりと呟くと、桐谷は何も言わずに穏やかな笑みを返した。

しっかりと時間をかけ、晴の料理をきちんと味わってくれる桐谷だったが、食事が済めばすぐに仕事に向かう習慣は相変わらずだった。

桐谷とゆっくり話せる食事の時間は、いつの間にか、晴にとって大切なものになっていた。「御馳走さま」と手を合わせて席を立つ桐谷を、晴は自覚のないまま目で追っていた。

「どうした？　まだ何か話したいことがあるのか？」

慌てて首を横に振る。

「進路にも関係するし、ゼミのことはゆっくり考えて決めることだ」

「うん」

頷いて微笑みながらも、やはり名残り惜しくて桐谷から視線を離せない。

「晴。そういう悩ましい目で俺を見ていて、その結果襲われたとしても、それは約束の範疇に含まないからな」

ふいに両手で頬を挟まれ、身体がかっと熱を持った。

「な、悩ましい目でなんて、見てない」

「いや、見てた。まだ行かないで欲しいという顔をしていた」

見透かされていたが、そんな顔はしていないと晴は言い張った。

「すぐに片付けて自分の課題やるし、先生もお仕事しててください」

わずかに口を尖らせて言うと、その唇をじっと見つめられて心臓が跳ねる。

「仕方ないな」

抱き寄せるように髪を撫で、こめかみに小さなキスを落とす。それから桐谷は、ため息混じりに囁いた。

「晴は、可愛過ぎる」

そのまま軽く抱きしめられて、胸が苦しくなった。

桐谷に触れられるたびに、晴の中に自分でもどうにもできない気持ちが育ってゆく。それが何なのか、晴にはまだわからなかった。

自分の部屋に行く前に、書斎を覗いて何か他に用事がないか尋ねるようにしていた。桐谷はいつもわざわざデスクから立ってきて、何気ない仕草で晴に触れる。軽く抱き寄せてくる背の高い男を、晴は黙って見上げた。

この日も、整い過ぎるほど整った顔が晴を見下ろしてきた。また頬か額か鼻の頭に悪戯半分にキスをして、晴が赤くなるのを笑うのだろう。晴はすぐ赤くなる、肌の手触りが赤ん坊みたいで気持ちがいいなどと言って、指で頬や唇に触れるのだ。

(先生にとって、ぼくはからかいがいのあるおもちゃなんだろうな……)

そんなことを考えて、なんだか切なくなった。どんなに冷静でいようとしても、桐谷に触れられれば晴の頬はすぐに熱を持ち、白い肌は簡単に色付いてしまう。

(赤くならないでいられたらいいのに……)

じっと見上げていると、桐谷が少しかがみこむようにして、近くから晴の顔を覗き込んだ。手のひらが髪を撫で、そっと頬を包む。

次の瞬間、羽根のようなキスが唇に落ちてきた。

「……っ」

息が止まる。

一度離れて、晴の大きな瞳を覗き込んだ桐谷は、もう一度、今度は少し長いキスをした。そっと、唇のやわらかさだけを味わうような優しいキス。

所在なく上げていた晴の手が、桐谷のシャツに触れる。それを合図にしたかのように身体がゆっくり離れていった。

「おやすみ」

いつものようにさらりと軽く晴の髪を撫でてから、桐谷は大きなデスクの向こう側へ戻ってゆく。

『晴の嫌がることはしない……』

その約束は守られている。

（だけど……）

毎日こんなに苦しくなっていたら、晴の心臓はきっとすぐに壊れてしまう。

書斎を出て、目の前に広がる玄関ホールを見つめる。灯りを落とした室内を、月の光が青く静かに照らしていた。

熱を逃がすように息を吐き、おぼつかない足取りで広い階段を上っていった。二階のホールに立って、正面の窓から白い月を見る。薄墨色の夏めいた夜空を背に、少し欠けた月がぽっかりと庭木の上に浮かんでいた。その月に、訴えるように呟いた。

「先生は、ずるい……」

ふわりと光を瞬かせて月が晴を笑ったように見えた。

風に庭木がざわめく。ざわざわと揺れる木々に少しも乱されることなく、月は泰然とそこにある。

まるで晴と桐谷のようだと思った。

嵐になって、庭の木々がどんなに激しく乱れても、月は少しも動じることなく空の高みからそれを見ているのだろう。

「晴……、最近一段と可愛くなったんじゃないか」

ラウンジの一角で予習をしている晴を見て、田沢が言った。亜衣が右手の甲を頬に当て、妙なしなを作って「田沢、ついに目覚めちゃった？」と言ってきゃははと笑った。

「まだ大丈夫だけど、そろそろアブナイかも」

あははははと笑い合う二人に、晴は苦笑を浮かべるしかなかった。

「でも、最近の晴、確かにキラキラしてるよね。なんかこう……、色気っていうか、ときめきオーラが加わった感じ？」

「好きな子でもできたかぁ？」

ドキッと心臓が跳ねる。頬を染めて首を振ると、田沢の手が伸びてきて晴の頭をくしゃくしゃ撫でた。

「やっぱ、可愛いわ。晴」

「うんうん。可愛過ぎ」

亜衣までぐいっと手を伸ばしてきて、晴の頬をむぎゅっと摘まんだ。「痛い」と言って逃げながら、心の中で小さなため息を吐いた。

（亜衣と田沢にとっても、ぼくはいいおもちゃなんだろうなぁ……）

要するに、みんな晴をからかって反応を面白がっているのだ。意地悪をされているわけではないので、別にいいのだけれど……。

「あ。そう言えばさ、成瀬先生が、晴も早く研究室に来るようにって言ってたよ。ね、田沢」

「ああ。けっこう何回もしつこく言ってたな」

「え……」

二人は早速、成瀬の研究室を訪ねてきたらしい。ちゃんとドアも開いたし成瀬と話すこともできたと、どこか気が抜けたような口調で言った。

「晴も早く行ってこいよ」

「なんで行かないの？」

「えーと……」

晴は首を傾げつつ言葉を探した。

「まだ、成瀬先生のゼミにするか、決めてなくて……」

「えっ！　晴、成瀬ゼミ、行かないの？」

「行かないって決めたわけでもないけど……」

もう少し考えたいのだと、正直な気持ちを伝えた。何か大事なことを見落としている気がするのだと……。

「そっか」

普段は頼りなく見える晴だが、実際はその真面目さから、意外と物事をしっかり考えている。それを二人はちゃんと知っていた。

「晴は慎重なところがあるからな」

「成瀬先生のゼミ以外に、どこか考えてるの？」

「えーとね、川本先生のゼミもいいかなって……」

川本の話は簡潔でわかりやすい。静かに耳を傾けてくれるので質問もしやすかった。

成瀬は時々、高圧的な態度に出ることがあった。カリスマを自認しているせいか、あまり学生の意見を聞こうとせず、自分の考えに周囲を従わせようとするところがあるのだ。議論になると力で相手を黙らせ、自らの正当性を貫こうとする。

大人しそうに見えて、晴は人に意見を押し付けられるのが苦手だった。力で屈服させられることには強い反発を覚える。成瀬の態度には引っかかりを覚えていた。

「川本先生か。教え方は丁寧だし、悪くないと思うけど……、なんていうか、地味な先生だよな……」

腕を組んだ田沢の隣で、亜衣が思いがけないことを言い出した。

「川本先生、確かにぱっと見は地味だけど、よく見ると美形なのよ」

「へ……？」

「メガネと髪型のせいでだいぶ損しちゃってるけど、あれは、磨けば相当光るね」

「おまえ……、ホント、どうでもいいことを、よく見てるな」

「どうでもよくはないでしょ」

「その妙な観察力を勉強に活かしたら、けっこうすごいことになるんじゃないか？」

田沢はちょっと残念そうな目で亜衣を見た。亜衣はそれを鼻息ひとつでフンとあしらい、すぐにウキウキとした調子に戻って「それよりさ」と言った。

「金曜の一限てうちら空きコマじゃない？　リサに聞いたら、その時間に桐谷先生の講義があるらしいのよ」

突然飛び出した桐谷の名前に、晴の心臓は身体の外に飛び出しそうになった。

「しかも大教室なんだって。だから、今度の金曜に、桐谷先生を見に行かない？」

「金曜日って、明日じゃないか」

亜衣と田沢の会話を聞きながら、心臓を押さえるように胸に手を当てる。

昨夜に続いて今朝も、桐谷は頬や額ではなく、晴の唇にキスをした。軽く触れるだけのキスだ。決してそれ以上のものにはならなかった。けれど、昨夜よりも長いキスを二度、繰り返した。

からかっているだけなら、あんなキスは甘すぎる。ただの挨拶にしても、晴には辛すぎた。

（先生には、なんでもないことなのかもしれないけど……）

あまり考えたくはないが、最初に晴を抱いた時の様子からも、桐谷がその手のことに慣れているのは明らかだ。大人で、地位も名誉も経済力もあって、その上あれだけの美貌の持ち主だ。おそらくまわりが放っておかないだろう。

（それに……）

晴は唇を噛んで、胸に当てていた手をぎゅっと握りしめた。

（あの日、先生はぼくを男娼と間違えて、あんなことをしたんだ……）

普段からそういった相手と、遊びや楽しみだけで触れ合う習慣が、桐谷にはあるということだ。晴が桐谷のもとで暮らし始めてからは、一度もそんな素振りは見せないけれど……。

お金で身体を与える少年や女性たちと、あの美しい男は、晴にしたのと同じようなことをするのだ。

胸がキリリと痛む。

（あんなふうに……、誰にでも……）

何もわからなくなるほど身も心も蕩かされて、夢中で桐谷に縋った。その手の中で溺れた。あの人に触れられて、他の人たちは平気でいられるのだろうか。

慣れない自分だけが、いつまでもこうして熱を持て余し、日毎に切なく心を震わせているのかもしれない……。

「ちょっと、晴ったら聞いてる？」

ふいに亜衣の声が耳に入ってくる。晴ははっとして、現実に引き戻された。

「あ、ご、ごめん……。何？」

もう、と亜衣が頬を膨らませて睨んだ。

「だから、明日は金曜日だから、明日の一限に大教室に潜り込むよって話をしてたの」

「えっ!?」

いつの間にか自分も行くことが決まっている。

動揺する晴を華麗にスルーして、亜衣は元気よく右手の拳を突き上げた。

「いざ！　突撃、桐谷先生レポート！」

なぜか田沢も乗り気だった。にっと笑って「一流の男を観察するのも、大事な勉強だからな」などと言っている。晴は行かないという選択肢は、初めから存在しなかったようだ。


翌日、朝一番で出向いた大学一号館の大教室は大勢の学生で埋めつくされていた。その中央付近に晴たちは紛れ込んだ。

「ねえ、もう少し後ろに行ったほうが、安全じゃない？」

晴はそう言ってみたのだが、「これ以上後ろに行ったら、せっかくのご尊顔がよく見えない」と言って亜衣が譲らなかった。

「最後まで出られないから、そのつもりでね」

同じ列に並んで座ったリサが、桐谷の講義を受けるためのルールを簡単に説明する。

「まず最初に、遅刻と早退は禁止だから。絶対によ」

時間を守ることは最低限のマナー。それができない者が、きちんと出席している者の邪魔をしてはいけないというのが、その理由だ。

「始まると扉を全部閉めるし、よほどの理由がある時以外、勝手に開けちゃだめなの」

よほどの理由とは、抗議の途中で体調が悪くなったなどの場合だ。遅刻に関しては、一切の例外はないという。

「二つ目、私語は禁止」

それはそうだろう。それこそ、きちんと講義を聞いている人の邪魔になる。しかし、続くリサの説明に、晴は少し驚いた。

「講義の内容に関することなら、いつでも発言していいの。手を挙げたりも、しなくていいのよ」

桐谷の許可も必要なく、本当に自由に発言していいのだという。話の途中でわからないことや気になることがあった時も、どんどん聞いていいらしい。

「でも、これだけ大勢の人がいて、そんなことして大丈夫なの?」

勝手に次々発言する人がいたら、話が前に進まないのではないか。そう聞いた晴に「そうでもないのよ」とリサが首を振る。

「いつでも自由に、なんでも言っていいんだと思うと、逆に自分が言うことに慎重になるの。今、これを言っていいのかどうかとか、もう少し先まで聞いてもわからなかったら聞いてみようかなとか、ちょっと考えてから言うようになるの」

結果として、集中して講義に耳を傾けるようになるし、そうすると、おのずと理解も深まる。複雑で難解な法令も、桐谷の講義を受けているうちに、いつの間にか理解できているのだとリサは言った。

理解できるようになると、学ぶことが楽しくなる。学問の面白さに気付かされ、知識欲を刺激された学生たちは、金曜日だけはなんとか寝坊をするまいと努力するようになるらしい。一限なのに、こんなにたくさん人がいるのは、桐谷の美貌を目当てにしているわけではないらしかった。

「いい加減な気持ちで受けようとすると厳しいなあって思うけど、ちゃんと勉強しようって覚悟ができると、へんな人に邪魔されないから、むしろ快適」

「へえ……」

晴たちは感心して頷いた。

「でもね」

リサが苦笑する。

「桐谷先生って、私たちが理解できたのがわかると、また少し難しいことを教え始めるのよ」

「え……」

「だからいつまでたっても、真剣に聞かなきゃってなって……、永遠に楽にはならないの」

そういうことも考えると、桐谷のゼミや研究室に入ろうと考える者は相当なツワモノだと思うとリサは言う。桐谷がどれほど魅力的でも、そこまでの覚悟は自分にはないと続けて肩をすくめた。

——俺のゼミに希望者は殺到しない。

(先生が言ってた通りだ……)

三つ目のルールは「誠実であるように」というものだった。最初の二つが具体的だったのに対して、ややザックリした印象を受ける。

法は、他者と自分、双方の利益を守るためにある。それを正しく扱うためには、誠実でなくてはならないと桐谷は言ったという。

「相手の立場に立って考えることを、忘れてはいけないっておっしゃってたわ」

「なんか意外だな。弁護士って、自分の顧客の利益だけを追求するもんだと思ってた」

田沢が言い、「そうよね」と亜衣も頷く。

「この三つ目のルールについては明確な答えはないんですって。だから、常に自分で考えて判断しなさいともおっしゃってたわ」

「へえ……」

「なんかわかんないけど、ただのイケメンじゃないってことは確かみたいね。ますますご尊顔を拝むのが楽しみになってきたわ」

亜衣の目にさらなる光が宿る。

（誠実であるように……）

晴は胸のうちで考えた。あの日、桐谷が晴に「告訴を」と言ったのは、自分のしたことに誠実に向き合おうとしたからなのだろうか。晴のほうにも、訪ねる家を間違えるという過失があったし、桐谷は誰かと晴を間違えただけで、決して無理やり関係を結ぼうとしたわけではなかったというのに……。

『ハルを傷つけた……』

そう言って、辛そうに目を伏せていた。

時計を見ると講義の開始時間が近かった。

「始まるのは時間ピッタリだけど、終わりは少し早くなることが多いの」

途中に入る質疑応答の時間も考慮しているからだろうとリサは言った。

「講義が終われば退出していいんだけど、もう少し先生を見ていたかったら、鐘が鳴るまでは教壇にいてくれるよ。その間に、みんなの前では質問しにくかったことも、質問しにいっていいの」

リサに礼を言い終わるのと同時に、始まりを知らせる鐘が鳴り始めた。

大教室はほぼ満杯だった。学部や学年をまたいだ共通科目らしく、ふだんは見かけないはずの晴たちがいても気にする者はいなかった。これなら桐谷にも見つかることはなさそうだ。そう思って、晴はすっかり安心していた。

ところが、教室に入ってくるなり、桐谷は晴を見つけた。少し驚いたような目が、まっすぐ晴に向けられる。

(うわ……)

思わず身をすくめた晴と、その周辺に座る何人かをさっと確かめ、しかし、別段何も言わず、可笑しそうにくすりと小さく笑っただけで、そのまま教壇のほうに歩いてゆく。

「まさかと思うけど、バレた……?」

リサのかすかな囁きに、亜衣と田沢は驚いた顔を向けた。だが、私語は禁止だ。黙って座っているしかない。

講義の間は特に変わったことはなく、内容はよくわからないながらも、晴たちもじっと桐谷の話に聞き入った。途中で交わされていた学生とのやり取りには、熱気とともに学ぶ喜びがあふれていて、晴は少し羨ましくなった。

（いいなあ。先生とあんな話ができて……）

呑気にそんなことを考えていた晴は、講義が終わるのと同時に手招きされて椅子から飛び上がりそうになった。

「晴。ちょっとおいで」

マイクを通さない声が、しっかりと晴のいる席まで届く。なんとか普通に立ち上がった晴を、亜衣たちが驚いた顔で見上げる。

「晴、先生と知り合いなの？」

曖昧に頷き、とりあえず通路を進んでゆく。教壇の近くまで行くと、特に怒ったふうでもなく、桐谷は聞いた。

「いったい、ここで何をしているんだ？」

桐谷を見に来たのだと、正直に言った。桐谷は「俺は見世物ではないぞ」と苦笑して、後ろをついてきていた亜衣たちに視線を向ける。

「今日はオフィスアワーの枠が空いている。昼休み、予定がなければ研究室においで。後ろにいる三人の友だちも一緒に」

リサや亜衣たちに目で確認してから頷くと、桐谷は質問を待つ学生のほうへと戻っていった。

「どういうこと？」

亜衣と田沢が目を丸くする。晴は、よくわからないと小さく呟いて首を振った。

「しかし、マジでカッコイイね……」

「背、高いなあ……」

少ししゅんとしてしまった晴を優しくスルーして、亜衣と田沢が桐谷についての感想を口にする。その隣でリサが不安そうに眉を寄せた。

「三人の友だちって、私もってことよね……」

晴と亜衣と田沢ははっとした。どうやらリサに迷惑をかけてしまったようだ。亜衣が「ごめん」と手を合わせる。

「ちゃんと説明して、謝るから」

リサが桐谷から悪く思われることだけは避けなければならないと晴たちは思った。

「ところで、オフィスアワーってなんだ?」

田沢が聞く。「研究室を開放する時間のことよ」と亜衣が答える。

「大学のサイトの教員ページか事務局にある冊子を見れば、詳細が載ってるわ」

工学部の先生はほとんど活用していないようだけれど、と続けた。理系学部の研究室は、いつでも学生が出入りしているところがほとんどだ。教授の指導を受けながら、機材などを使って研究を進めることが多いからだろう。とはいえ、研究内容の漏洩や高価な機材の盗難などを防ぐため、不在時の戸締りは厳重だ。

文系学部の場合、研究室は教員のオフィスという色合いが強く、学生がしょっちゅう出入りすることはないらしい。訪ねるべき時間が明確になるため、オフィスアワーの存在は教員と学生の双方にとって都合がいいらしかった。つまり、オフィスアワーは主に文系学部のためのシステムなのだ。

決まったルールはなく、教員ごとに活用の仕方はまちまちらしかった。時間内ならアポなしでOKという場合もあるし、事前予約が必要な場合もある。オフィスアワーを設けず、いつでもオープンに学生を受け入れている教員もいれば、一切、研究室には入れない、オフィスアワーも設けないという教員もいるということだった。

桐谷は水曜と金曜の昼休みをオフィスアワーに設定していた。教員ページから事前に予約を入れる決まりになっているのだとリサが教えた。亜衣が「よく空いてたね」と驚く。

「そんな簡単だったら、あたしなら毎日でも予約入れるわよ。あんなに美形で気品があってお金持ちで独身の先生なんだよ?」

「ああ、それね……。最初に先生が、オフィスアワーは本当に大切な話がある時だけ活用するようにって言ったの。それ以外の質問や、すぐに済む話なら、講義の後か、ラウンジや食堂にいる時に、いつでも聞くからって」

本当に相談したいことがある時に、予約が空いていないようでは意味がないからだろう。

「確かに亜衣みたいのが毎回予約入れてたら、大事な相談がある時に困るよな」

田沢が笑う。リサが頷き「年度初めの頃は、どうでもいいことでアポ入れる子もいたみたいだけど」と言った。「なんだかんだ言って、桐谷先生に近付きたい子は多いからね……」と続ける。

「その子たち、なんで行かなくなったの?」

「なんでかな? よく知らないけど、ひと月くらい経つ頃には、そういう人はいなくなってた気がする……。やっぱり迷惑だったからかな。注意もされたのかも」

ふうん、と亜衣が曖昧に頷く。田沢がにやりと笑って爆弾発言を落とした。

「セクハラされたとか？」

晴の心臓がドキンと跳ねる。

「ある意味、密室だからなぁ、研究室ってのは」

「バカねえ」

亜衣がため息を吐いた。

「セクハラ、桐谷先生にだったら、むしろされたいじゃないの。余計、予約が殺到するわよ」

「あ、そうか」

あははと笑う田沢の横で、晴の心臓はバクバクと大暴走していた。

涼やかな見た目に反して、桐谷がどれほど濃厚な行為をするかを晴は知っている。男娼を買うことさえあるのだ……。紳士にしか見えない美貌の男の下半身は、かなりの凶暴性を秘めている。

（せ、せ……、先生……、まさか……）

そんなはずはない、何かの間違いだと、一人ぐるぐる恐ろしい考えに振り回されていると、急に田沢に話しかけられた。

「それで、なんで晴は、先生と知り合いなんだ？」

「えっ！」

そ、それは……、と言い淀む晴に、田沢がプッと噴き出す。

「まさか言えないような関係なのか？」

慌てて首を振ると、「なんでそこで赤くなるのよ」と亜衣に頬を突かれた。何も言えずに視線を泳がせる。

「まあ、言いにくいなら言わなくてもいいけどさ」

田沢が言い、「でも、先生には聞くかもよ?」と亜衣が続けた。晴はため息を吐く。

「うん。そうして……」

桐谷の家でハウスキーパーをしていることは、プライバシーに関わることなので晴の口からは言えない。けれど、直接、話してもらう分には問題ないような気がする。

二限の講義が終わると、晴は、亜衣と田沢と一緒に文系学部のエリアに向かった。昼食は後回しだ。

一号館の前でリサと落ち合い、一階が事務棟になっている隣の二号館に向かった。その三階に桐谷の研究室はあるらしい。文系学部の教員の研究室は、ほとんどがこの建物内に集まっているということだった。

階段を上がるとガラスの扉があり、その向こうに広いホールが見えた。ホールを囲むようにたくさんのドアが並んでいる。

ガラスの扉を押してホールに入り、リサの案内で右手の奥にあるドアに向かった。大学内の他の部分と違い、厚みのあるカーペットが敷き詰めてある。靴音が響かないせいで、急にあたりが静かになった気がした。

「緊張する」

リサが小声で囁いた。晴たちも頷く。深く息を吐いてから、四角い小窓のあるドアをノックした。すぐに中から「どうぞ」と声がした。

顔を見合わせて、ごくりと唾をのみ込む。それから、おそるおそる、一列になって部屋の中に足を踏み入れた。

初めて入った桐谷の研究室は、細長く奥行きのある部屋だった。中央のカウンターと観葉植物が室内を二つに隔てている。手前の空間にはソファとローテーブルが置かれ、面談用のスペースになっているようだった。

ソファは上品なベージュ色で、柔らかい革でできている。壁側に三人掛けが一脚と、カウンターを背にして一人掛けが二脚、比較的ゆったりと置いてあった。

カウンターの奥には大きめのデスクと壁面いっぱいの書棚、それにプリンターなどの事務機器を収めた棚がコンパクトに配置されている。どちらの空間もきちんと片づけられていた。デスクの向こうの窓の外に、図書館棟とそれを囲む木々の緑が見えた。

「どうぞ。晴はこっちに」

壁際の三人掛けにリサと亜衣と田沢を座らせ、晴には「そこのカウンターの上に折詰めがあるから、みんなに配ってくれ」と桐谷が指示する。言われるまま、見るからに高そうな折詰弁当を三人の前に置いた。桐谷の視線に促されて、一人掛けのソファの前にも自分と桐谷の分を置き、その一つに腰を下ろした。

カチンと固まって向かいのソファに座るリサたちが、折詰の蓋に書かれた文字を見て目を丸くしている。

「あ、あの……」

「そんなに緊張する必要は、ないんだがな……」

桐谷が苦笑した。突然、リサと亜衣が立ち上がって頭を下げた。

「先生、すみませんでした」

「本当にすみませんでした。リサに無理を言ったのは私なんです。リサはただ、先生の講義の時間を教えてくれただけで……」

田沢も立って深く頭を下げる。桐谷は三人に顔を上げるように言った。

「理由はさっき、晴から聞いた」

確かに、聴講する資格のない者が講義に紛れ込むのは感心しない。だが、それについては反省しているようだし、自分としてはこれ以上何か言うつもりはないと言う。

「でも、じゃあ……」

「さっきは、俺を見に来たということだったが……」

桐谷は少し口元を緩め、ちらりと晴を見る。

「晴が俺を見に来たと言うなら、今度は俺が、晴の友だちに会ってみてもかまわないだろう？　晴にどんな友だちがいるのか、俺も知りたいからな」

リサと亜衣と田沢の目が一斉に晴に向けられる。

「先生と晴は、どういうお知り合いなんですか？」

亜衣の質問に、桐谷はニッコリ笑って「晴は我が家のハウスキーパーだ」と答えた。

「ええっ?」

亜衣と田沢が驚いて晴を見る。

「晴、どうして黙ってたの? 見つかったバイト先が先生のとこだったなんて……」

亜衣の言葉に、桐谷が「しまった」という顔をした。

「内緒にしておくべきだったか? 晴、すまん」

晴は、慌てて首を振った。

「晴、なんで言わなかったのよ」

「えっと……、先生の、プライバシーに関わると思って……」

ごめんねと謝ると、亜衣は「ああ」と力が抜けたような顔で頷いた。田沢も「なるほどな」と笑う。

「晴は、そういうこと、ちゃんと考えるからな」

「そうね」

亜衣も笑顔になり、田沢と並んでまっすぐ桐谷を見た。

「桐谷先生、晴の人物については私たちが保障します」

「真面目だし賢いし素直だし、その上こんなに可愛いし、絶対におすすめです」

わざわざ自分たちを呼んだのは、晴のそういうことを聞きたかったからだろうと言って頷く。同じ屋根の下に赤の他人を住まわせ、生活のほとんどを見せるのだから、雇い入れる相手がどんな人間か知りたいと思うのは当然だと、二人はしごく納得した様子で、晴がいかに信頼に足る人物であるかを桐谷にアピールし始めた。

「いや。そういうことでは……」

一瞬、桐谷は二人を止めかけたのだが、すぐに面白そうに話に耳を傾け始めた。

「ありがとう。晴がいかに素晴らしい人物か、よくわかった。そんな最高のハウスキーパーに来てもらえたとは、俺は実に幸せ者だな」

そう言って大きく頷く。笑っているのは、晴へのからかいが混じっているからだ。その証拠に赤くなる晴を見て、さらに楽しそうに目を細めている。

「晴、なぜ口を尖らせるんだ」

「だって……」

「俺は本心から言っているんだぞ。晴は、最高だ。俺は、晴に夢中になりそうだ」

(え……)

亜衣たちも笑っている。和やかな雰囲気が室内に広がり、桐谷が改めて食事を勧めると、リサと亜衣と田沢の三人は、すっかりくつろいだ様子で折詰を開き、桐谷に促されるまま、別の話に花を咲かせ始めた。

晴だけが少し無口になる。

(先生、さっき……)

心臓はドキドキと騒ぎ始めていた。

——晴は、最高だ。俺は、晴に夢中になりそうだ。

桐谷の言葉に、忘れかけていた身体の熱が呼び覚まされる。

『ああ、ハル……。最高だ。俺はハルに夢中になりそうだ……』

晴の脳裏に鮮明な映像が浮かぶ。バスルームの鏡の中で絡み合う二つの身体……。つながった場所まではっきりと見えた……。官能に濡れた顔で背後から桐谷に貫かれていた自分自身の姿……。

（あ……。どうしよう……）

下肢が疼くのを感じて、慌てて映像を遠ざけた。たまたま耳にした言葉であんなことを思い出すなんて、どうかしている。そう思うのに、身体の奥に点った熱は簡単には冷めてくれなかった。

こっそり息を吐き出して、花の形に整えられた人参を口に運んだ。

それぞれの出身地や出身高校、どんな部活をしてきたか、晴とはどんなふうに知り合ったかなどを、亜衣たちは楽しそうに話している。好きな食べ物、洋服の趣味、本や映画や音楽のこと。さまざまな話題が飛び交い、笑い声とともに、五十分の昼休みは瞬く間に過ぎていった。

名残惜しさが漂う中、口々に「御馳走様でした」と礼を述べて研究室を後にした。

「楽しかったわねえ」

「桐谷先生ってほんとにステキ……。晴ったら、いいなあ」

「住み込みのハウスキーパーって聞いた時は心配したけど、あの先生のところなら安心だな」

リサはほっと息を吐き、亜衣と田沢は口々に「よかったね」、「よかったな」と言って、晴の頭をくしゃくしゃ撫でた。リサに礼を言って別れ、工学部のエリアに戻る間も「よかった、よかった」

と何度も繰り返していた。

アルバイト先に関して、二人に秘密がなくなったことは晴の気持ちを軽くした。

一方で、身体の奥に残る熱が、新たな秘密を生み出す予感があった。それは、誰にも明かせないものになる気がした。


研究室で出された折詰弁当は高級な有名店のものだったらしく、あんな食事を出してもらってどうしようと、後になって亜衣とリサが狼狽えていた。夕食を取りながらそんな話をすると、桐谷はどこか悪戯っぽい笑みを見せて「オフィスアワーに学生が訪ねてくる時は、いつもあれを出している」と言った。

「みんなに、あんな立派なお弁当を出しているの？」

「ああ」

笑みを浮かべたまま桐谷は頷いた。鬼のような准教授に、わざわざ予約を入れて相談に来るのだ。そんな大きな悩みを抱えた学生のための、せめてもの心づくしだと言ってまた笑う。

「うまいものでも食べてリラックスしてもらおうという、俺の優しさだ」

「でも、ただ先生とおしゃべりしたいだけの人もいるんじゃない？」

何気ない晴の問いに、桐谷は「意味のないおしゃべりには付き合わない」ときっぱり言った。

「え……、でも、今日は？」

昼休みいっぱい、晴たちに付き合っていた。

「今日のおしゃべりには意味があるだろう？　晴の友だちについて知る、いい機会になった。晴のこともいろいろ聞けたし、実に有意義な時間だった」

「そんなの……」

桐谷は口元を緩め、晴がリサから聞いていた通りのことを口にした。

「簡単な質問や軽い雑談なら、講義の後やラウンジで相手をしている。もともとオフィスアワーにはその時間を必要とする者だけが来るようにと言ってある」

「それでも予約しちゃう人が、いるんじゃない？」

リサも、年度初めの頃は、単に桐谷に近付きたいという理由で予約を入れる者がいたと言っていた。それがなぜいなくなったのかは謎らしい。ひと月もする頃には、そういう人はほとんどいなくなっていたと聞いた。

田沢の爆弾発言が、一瞬だけ脳裏をよぎる。

――セクハラされたとか？

（セクハラなんて、あるわけ……）

「だから、ちょっとしたもてなしをするんだろう？」

「え……？」

言葉の意味を掴み損ねて顔を上げた。

「重要な話があると言うから、時間を割いている。ゆっくり話を聞くために食事も用意している。

それだけのことだ。相手が話すまで、俺は口を開かないし、箸を取るまで食事にも手を付けないがな」

「えー……」

「たいした話もないのに予約を入れた者がいたら、少し困るかもしれないな」

（い、意地悪だ……）

出された食事と桐谷の態度に冷や汗をかきながら、約束した時間が過ぎるまで研究室のソファに座っていることになった学生の、居心地の悪そうな姿が目に浮かぶ。

「なんだか、聞いてるだけで、胃が痛くなりそう……」

「ははは」

声を出して笑った桐谷は「だが、晴たちは、別に困りはしなかっただろう？」と聞いた。

「うん」

みんな楽しそうだった。

「本来なら、食事をしながら話をするのはいいことだろう？」

気持ちが落ち着くことも多いし、食欲のあるなしで、相手の悩みの深さを推し測ることもできると続ける。

ふと、最初に会った日のことを思い出した。サンドイッチを食べる晴を見て、桐谷は『よかった』と息を吐いた。『少しは気持ちが落ち着いたのかな……』と言って表情を緩めていた。

「安易な気持ちでオフィスアワーの予約を入れた者は後悔したかもしれないが、自分で気づいて、次から同じことをしなくなれば、それでいい」

晴は頷いた。

講義中の桐谷を思い出す。真剣で厳しい表情をしていたけれど、人を抑え込むような威圧感はなかった。それでいて、相手の姿勢を見透かすような独特の鋭さを感じた。自分の態度を顧みて、恥じるところがないかどうか、自分で考え判断するように求めているように感じた。

(同じことなんだ……)

「先生って、すごい……」

「すごい……か」

桐谷がフッと笑い「他の場面でも言わせてみたいセリフだな」と続ける。

「他の……?」

問うように視線を向けると、「なんでもない」と軽く首を振り、少し困った顔をした。

「晴、もう少し話をしてもいいか?」

「え……?」

「たまには一緒に、食後のコーヒーでもどうだ?」

晴は嬉しくなって大きく頷いた。桐谷がファミリールームのソファに移動するのを見ながら、急いでキッチンに行き、湯を沸かして二人分のコーヒーを淹れた。

「晴はコーヒーを淹れるのが上手いな」

「母さんが、コーヒー好きだったから」

隣に座るように促されて、カップを手にしたまま腰を下ろす。

「今日一緒だった子たちとは、ずいぶん仲がいいのか？」

晴の髪をさらりと梳いて、桐谷が聞いた。よほど今日の出来事が印象に残っているらしい。軽く触れられただけで走り出す心臓を宥めて、晴は「うん」と頷いた。

「リサさんとは、まだ知り合ったばかりだけど、田沢や亜衣とは、一年の時から仲よくしてる……」

「亜衣……？　ああ、笹塚さんか。彼女は晴の……、恋人なのか？」

「えっ！　ち、違うよっ」

晴は大慌てで首を横に振った。確かに亜衣とは仲がいいし、亜衣は本当にいい子だし、すごく好きだ。けれど、それは友だちとしての感情で、恋愛対象として見たことはないと、どこか必死になって答える。

「そうか」

軽く微笑んで、桐谷は頷いた。次に、かすかに胡乱《うろん》な表情になって、田沢とはどうなのかと聞いた。

「田沢……？」

「ああ」

何やら真剣な目で見つめられながら、晴は「田沢も、亜衣とは、別にそういうんじゃないと思うけど……」と答えた。

なぜか桐谷が首を傾げる。

「ん？　田沢くんと、亜衣……、笹塚さん……？」

「うん。どうして？」

少しの間、桐谷は奇妙なものを見るように晴を見ていた。それから、ふいに何かに気付いたように「ああ」と頷いて笑う。

「いや。いいんだ。わかった。つまり、晴にそういう相手はいないわけか。恋人は……？」

言いかけて、これはセクハラ発言になるなと口元を手で覆う。今さらではないかと思いながら、晴は「いないよ……」と小さな声で答えた。桐谷が晴を見る。

「好きな人は？」

好きな人……。

チラリと隣を見ると、熱を帯びた黒い瞳が晴を見下ろしていた。思わず息をのみ、逃げるように視線を彷徨わせる。頬が熱い。

「晴……」

名前を呼ばれ、長い指に髪を梳かれた。それだけで、身体の奥が熱を持つ。心臓が痛いくらいに鼓動を打ち始める。

「可愛いな、晴……」

髪を撫でていた手が晴の後頭部を支え、視線を絡めたまま、桐谷の美しい顔が近付いてきた。睫毛を伏せると唇が重なる。

触れるだけの優しいキス……。けれど、今夜の桐谷は、そっと何度か晴の唇を啄ばんだ後、舌で上唇を小さく舐めた。自然に開いた隙間から、熱い舌がそっと忍び込んでくる。

「……っ」

舌が絡み合い、心臓が大きく跳ねた。角度を変えて更に深く桐谷が侵入してくる。味わうように晴の口の奥を舐める。晴の頭の奥で白い光が何度も弾けた。

「ん……、あ……っ」

唇が離れると、吐息とともに甘い声が零れた。睫毛を上げると、濡れた黒曜石のような瞳が晴を見ていた。

「俺を見に来た……?」

自分の講義を晴が見に来るなんて、予想していなかった。吐息とともに囁きながら、桐谷は、晴の頬や耳朶にキスを落とした。

「晴が、可愛いことをするからだ……。晴が、いけない……」

何かを言い含めるように続けて、晴の首筋に舌を這わせる。

「あ……っ」

身体の奥に残っていた小さな熾火《おきび》が赤く炎を上げ始める。触れられた場所から走る愉悦は、一度知った官能の甘さを呼び覚ます。首筋から鎖骨に移動するくちづけに、身もだえるように身体を反らした。炎の欠片のような吐息が唇から零れ落ちる。

「あ、あ……。せん……せ……っ」

「晴……。晴……」

くちづけを繰り返しながら桐谷が囁いた。

「晴……、気持ちいいこと、しようか……」

快楽を唆す言葉に逆らう術など、晴は知らない。伸ばした腕を桐谷の背中にまわして、ぎゅっとしがみついた。

「ああ、可愛いな、晴……」

「せん、せい……」

掠れる声で桐谷を呼ぶ。そこらじゅうにキスの雨が降り、薄いシャツの裾がたくし上げられた。少しひんやりとした大きな手のひらが、晴の身体の輪郭をたどるように何度も上下に滑る。

ソファに押し倒され、シャツをすっかり捲られて、薄く色づいた胸の飾りを桐谷の指が押し潰した。その瞬間……。

晴の耳元で低い振動音がした。はっとして目を開いた晴の上で、桐谷のワイシャツのポケットが小さく唸っていた。

「あ……」

晴の視線が揺れるのを見て、桐谷がため息を吐く。身体を起こし、画面の表示を確かめて、軽い舌打ちとともに通話ボタンを押した。

「なんだ?」

不機嫌さを隠さないぶっきらぼうな声だった。

「ああ、わかってる。一通り目を通しておくから安心しろ」

仕事の話だろうか。ソファに転がされたまま、晴はぼんやり考えた。仕事の相手にしては桐谷の口調がぞんざいすぎる気がするけれど……。

「いや、法廷には出ない。もし出ても負けるような案件じゃないから心配するな」

（やっぱり、お仕事……？）

普段ならとっくに書斎に移動している時刻だ。仕事の電話がかかってきてもおかしくない。

冷静さを取り戻した晴は、桐谷に乱されたシャツをもぞもぞと引っ張って直した。そっと身体を起こし、邪魔をしないように静かにソファを離れる。

視線が追いかけてくるのを感じたが、自分が今どんなふうになりかけていたのかを考えると、赤い頬を隠してうつむくのが精いっぱいだった。どうして、こんなことになったのだろう。

亜衣のことを聞かれ、田沢のことも聞かれ、『恋人は？』と聞かれた。いないと答えた晴に、桐谷が『好きな人は？』と聞いたのだ。

ファミリールームとヌックの中間あたりまで来て、ようやく振り向いて桐谷の背中に目を向ける。切なさがこみあげて、ぎゅっと胸が締め付けられる。

（好きな人……）

ふいに、何かがストンと腑に落ちた。「好き」という言葉が甘く胸を疼かせる。

（好き……。そうか……。ぼくは、先生のことが好きなんだ……）

初めて会った日にあんなことをされて、しかも相手は同性だ。なのに、とても当たり前の事のように、その気持ちは晴の中にしっかりと根を下ろしていた。

恋をしたことがない晴は、自分の気持ちに気付くのに時間がかかってしまった。けれど気付いてしまえば、からかうように触れてくる指先にも、軽いキスにも、苦しいほど心を乱された理由がわかる。

触れられる度に心臓が壊れそうにドキドキ騒ぐのも、それなのに、もう少しそばにいて欲しいと思ってしまうのも、全部、晴が桐谷を好きだからなのだ。

電話を続ける後ろ姿を見つめながら、けれど、晴は、たった今知ってしまった自分の恋心に、切なく言い聞かせる。

(先生には、遊びなんだから……)

『気持ちいいこと、しようか』

桐谷の言葉が脳裏によみがえる。好きだから触れたわけではないのだ。甘く淫らな触れ合いは、桐谷にとって、ただの慣れた遊びの一つに過ぎない。

「ああ。だから、最初から言ってるだろう? その件はもういい。余計な気をまわさないでくれ」

電話を続けていた桐谷が、振り返って晴を見る。どうしてだか、ひどく嬉しそうな笑みを浮かべて、電話の相手に何か囁いた。

「そういうわけだから、邪魔するな。わかったな?」

遠慮のない口調で電話を終えた桐谷が、ソファを立って近づいてくる。カップをシンクに運ぶ晴の背中から腕をまわし、いつものようにつむじにキスを落とした。

「お仕事の、電話……?」

「半分はな。残りはいつもの無駄話だが……」

晴の身体をくるりと半転させ、改めてキスをしようと身をかがめた桐谷は、そこでふと、怪訝そうに眉をひそめた。

「晴……?」

嫌なのか?

目で問われて小さくかぶりを振る。けれど、桐谷はそっと晴の頬を両手で包んだだけで、かすかなため息を吐いた。

「まったく……。本当に邪魔しやがったな、あいつ……」

苦々しい声で呟いて、長い指で晴の頬を撫でた。

「……そんな泣きそうな顔をしないでくれ」

晴の頬を両手で包んだまま、困ったように囁く。それから、何も怖くないのだと教えるように優しく抱きよせ、何度も髪や背中を撫でた。

【5】

土日は清掃業者が来ないと聞いて、晴は床に掃除機をかけようとした。先週の土曜日のことだ。桐谷の家の掃除機は壁にホースの差し込み口のあるタイプで、使い方を聞こうとしたら『土日は晴も休みだと言ったはずだぞ』と咎めるように桐谷に言われた。一度は『はい』と返事をしたものの、それでも気になって、室内のテーブルや棚の上を化学モップで掃《はら》った後、なんとか使えないだろうかと様子を探っていた。すると、桐谷がどこからか丸いお掃除ロボットを出してきて『どうしても気になるなら、床掃除はこいつに任せろ』と言って、晴にそれを手渡した。

ただし、あくまで土日は休みだと念を押しながら。

二度目の週末となった今朝は、床をお掃除ロボットに任せてのんびりすごすふりをした。桐谷が書斎に消えるのを待って、晴は素早く外に出て、アプローチを掃き始めた。少し前まで庭じゅうを彩っていたたくさんの薔薇に変わって、今は遅咲きのランブラーローズが最後の情熱で咲き誇っている。

淡いピンク色の花弁を集めながら「綺麗な花弁はポプリにできるって母さんが言ってたけど……」と独り言を呟く。さすがにそこまでは手が回らないなと苦笑して、少しもったいないような気もしながら、機械的に石畳のアプローチを掃いていった。

淡いクリーム色の塀に沿って箒を動かしていると、突然、どこからか人の声がした。

「あー、見ーつけたー。きみが晴くんだね？」

驚いて顔を上げると、深緑色の門の向こうに背の高い男が立っていた。桐谷と変わらないほどの長身で、ほとんど金髪と言っていい明るい色の長い髪をしている。ひどく綺麗な人だ。なんというか、「綺麗な人」という表現しか出てこない。桐谷とはまるで違うタイプだが、美形という言葉がぴったりの整った顔立ち。金色の長い髪が違和感なく似合っていて、絵本の中の王子様を思い浮かべる。

（誰……？）

目を丸くする晴に、柔和で華やかな笑顔が向けられる。

「そうか、そうか。きみが晴くんか」

「あの……」

「桐谷、いるよね。高城が来たって伝えてもらえる？」

（タカギさん……？）

どこかで聞いたような名だ。けれど、どこでだったか思い出せない。なんだか晴を知っているような口ぶりだが、もしどこかで会っていたら、こんなに目立つ人を忘れるはずがない。

「インターホンで呼んでもいいけど、どうせ書斎で仕事してるんでしょ。きみが呼びに行ったほうが、たぶん喜ぶから」

いずれにしても、桐谷の客であることは間違いないらしい。

「少々、お待ちください」

晴は軽く頭を下げて、小走りに家の中に向かった。

「高城？　あいつまた来たのか？」

デスクから顔を上げた桐谷は鼻の頭に軽く皺を寄せた。「邪魔をするなとあれほど言ったのに」と口の中でぶつぶつ呟いている。

「あの……、案内しても、いいの？」

ちょっと不安になった晴に「ああ。来客用のリビングではなく、ファミリールームでいい。あいつはそっちのほうが落ち着くらしいから」と桐谷は頷く。

だが、踵を返す晴を、すぐに「いや、待て」と呼び止めた。

「待て。俺が行こう」

言いながら近くまで来て、晴の顔を覗き込む。はあっとため息を吐き、晴の頬を軽く撫でてから、すっと抱き寄せた。晴の心臓がきゅんと小さく鳴いた。

「先生……？」

「……どうしたものかな」

ため息交じりの声が頭の上から聞こえた。顔を上げると、なんとも複雑な表情で桐谷が晴を見下ろしていた。

「まだ、誰にも見せたくなかったんだが……」

何を？　と思うが、桐谷は諦めたような笑みを浮かべただけで晴を離した。

「紅茶かコーヒー、淹れる？」

「ああ……。では、紅茶を頼む」

タカギを迎えるために部屋を出て行く桐谷を、首を傾げて見送る。それから、晴はキッチンに向かった。

たっぷりの水を入れたケトルを火にかけ、しゅんしゅんと音がしているうちに陶器のポットをケトルのそばまで運ぶ。茶葉が踊るように、高い位置から湯を注ぐ。桐谷に教わった通りの手順を守って紅茶を淹れると、銀色のトレーに載せてファミリーリビングに運んでいった。

夏摘みのセカンドフラッシュは明るいオレンジ色が美しい。その色が映えるように、外側に淡いブルーグリーンの花模様が描かれたティーセットを選んだ。

居間のソファにくつろいでいた金髪の男は、ヌックからお茶を運んできた晴を、興味深そうにじっと見ていた。

「なるほどねぇ……。これは確かに、可愛いわ……」

フンと、どこか得意げに桐谷が鼻を鳴らした。

砂時計が落ちるのを確かめてから、二人分のカップに紅茶を注いで、ひとつをタカギの前に置く。

まだ熱いそれを一口含んで彼はぼそりと呟いた。

「だいぶ調教済み？」

桐谷の淹れ方だと続ける。

「桐谷が家に人を置くなんて、さっきまで全然信じられなかったけど、この子なら納得かも」

「あんまりジロジロ見るな。晴が怖がる」

別に怖がりはしないけれど、と晴は思う。確かに、じっと見られるのは少し苦手だけれど。

にこにことタカギに笑いかけられて、なんだか照れくさくなってくる。ひとまずお辞儀をして、晴はそそくさとキッチンに戻った。

紅茶を一杯飲んだだけで、タカギは帰っていった。

「まったく、何をしに来たんだ。そんなに暇でもないくせに……」

先週訪ねてきたのも彼だという。その時に仕事の話は全て終わっているはずなのだと言って、桐谷は苦笑した。

「昨夜の電話もあいつだ。あれだけしつこく確認したのだから、今日、わざわざうちに来る必要などなかっただろうに」

ぶつぶつ文句を言いながらも、桐谷はどこか楽しそうだった。タカギという人は、仕事上のクライアントでもあるようだが、それ以前に、もともと親しい間柄の人なのだろう。実のところ、彼がわざわざやってきた理由にも桐谷は察しがついているらしかったが、その理由については、晴に教える気はないらしかった。

昼からはのんびりと課題をしたり本を読んだりして過ごし、夕食の買い物に行く前に、何か食べたいものはあるか、書斎に聞きに行った。

自分は一日中仕事をしていたくせに、桐谷は顔をしかめてこう言った。

「晴、土日は休めと言っただろう?」

そう言われても、どのみち晴も桐谷も食事をするのだ。それを作ることは少しも苦にならないし、

「働いている」という気にもならない。実家にいた頃もひとり暮らしの時も、ずっと普通にしてきたことなのだから。

少しばかり返答に困っていると「実は、近くに馴染みの店があるんだが……」と桐谷が言った。

「しばらく顔を出していないから、たまにはそこに行こうかと思う」

「あ、そうなんだ……」

そういうことなら、晴は一人で簡単なものを食べればいい。買い物に行く必要もないかもしれない。そう思っていると「晴も一緒に行くんだ」と桐谷は言った。

「え……」

「たまには外食もいいだろう?」

一緒にということは、食事の時間だけでなく、店に行く時と帰る時も桐谷といられるということだ。そう思ったら、頬が自然と緩んでしまった。

「その嬉しそうな顔は、了承の返事だと思っていいな?」

「うん」

「六時には出るから、やることがあれば、それまでに済ませておけ」

「はい!」

にこにこ顔で大きく頷いた晴を、桐谷も笑顔で引き寄せる。くしゃりと髪を撫でられて、なんだか「いい子だ」とでも言われたような気がしてくすぐったくなった。

夕方、約束の時間になると、桐谷の高級車に乗せられて家を出た。十分ほど走り、静かな住宅街にある一軒家の前で桐谷は車を止めた。

みごとな薔薇のアーチに出迎えられる。足元からのガーデンライトに照らされて、零れるように咲く淡いピンク色のランブラーローズが柔らかく浮かび上がる。

奥には南欧風の白い一軒家レストランが、薔薇の繁みに隠れるように建っていた。

「わぁ……」

光と花が織りなす幻想的な佇まいに、思わず立ち止って感嘆の声を上げる。建物そのものも美しかったが、前庭を含めた全体の姿がまるで一枚の絵のようだった。

(すごい……。綺麗……)

視線を巡らせながら、短いアプローチを進む。うっとりとアーチを見上げていた晴は、しかし、そのアーチを抜けた先、開いた扉の脇に控えめに立てかけてある黒板風のメニュースタンドに気づいてしまった。

(あ……)

浮かれていてすっかり失念していたが、現実的な問題が急に目の前に立ちはだかる。チラリとスタンドに目を向けたが、値段まで確認することはできなかった。

「どうした、晴」

「う、ううん。なんでもない……」

桐谷に背中を押され、木製の扉をくぐる。心の中では、自分の所持金をこっそり数えたくなっていた。

店の雰囲気は温かく家庭的で、威圧感があるわけでも、いかにも高級店だと言いたげな敷居の高さを醸し出しているわけでもない。しかし、桐谷が贔屓にしている店である。セレクトの基準がお得な価格設定にあるとは思えなかった。

もしかしたら、桐谷は御馳走してくれるつもりでいるのかもしれないが、晴には自分の食事代を出してもらう理由がなかったし、そのつもりもなかった。ただでさえ、普段の食事の材料代は桐谷が負担している。それは、晴が料理をするから許されているだけで、外食をするなら自分で払うのが筋だろう。

(た、足りるかな……)

「なんで固まっている。ひょっとして支払いの心配をしているのか」

図星だ。そして、案の定、桐谷は言った。

「心配するな。晴に出させるつもりはない」

「で、でも……」

桐谷が笑う。

「晴は本当に欲がないな。こういうときは黙って奢らせておけばいいんだ。そもそも誘ったのは俺のほうなんだから、遠慮されては立場がない」

そんなふうに言われてしまえば、しぶしぶ頷くしかなかった。それでも、つい腰が引けてしまう晴に、桐谷は少し悪戯っぽい笑みを浮かべて言った。

「だったら、こういうのはどうだ。晴からの仕事で得た報酬を、ここの支払いに充てる」

「ぼくからの、仕事……？」

それは、いったい何のことだろう。

桐谷に仕事など頼んだ覚えはないし、そもそも、きちんとした弁護士にお願いするような問題を、晴は抱えていない。たとえ抱えていたとしても、正式な報酬を支払うだけの経済力が自分にあるとも思えないから、やっぱり頼んだりしないだろう。

顔いっぱいに疑問を浮かべていると、とりあえず席に行こうと目で促された。白いシャツを着た店員に案内されて小さな個室に入る。糊のきいたクロスをかけたテーブルに向かい合って座り、晴に「食べられないものはないな」と確認してから、桐谷が料理を注文した。

店員が部屋を出ていくと、三つに折りたたんだ紙を桐谷がスーツの内ポケットから取り出した。それを晴の前に置く。Ａ４サイズの用紙には、晴がアパートを借りようとした不動産屋の名前と、かなりまとまった額の数字が印字されていた。

「これ、何？」

「立ち退き料だ」

「え。でも……」

確かに引っ越す予定にはなっていたが、晴はまだそのアパートに住んでいたわけではない。それなのに、そんなものがもらえるのだろうか。

だが、桐谷は、貸主には支払う義務があると言った。

「契約書が交わされている以上、晴のほうから入居を取りやめると言った場合は敷金も礼金も返ってこない。前家賃の一ヶ月分も加えると相当な額だな。契約を締結したことによって、晴にはそれを支払う責任が生じている」

晴は頷いた。そのように説明されたのを覚えている。

「では、今回のように、貸す側が契約を解除したいと言ったらどうなる？」

「そのお金を返す……？」

「だけでは、不十分だろう？　それでは貸主側には何のリスクも発生しない」

確かにそうだ。

「じゃあ、どうするの？」

桐谷はまず、売買契約の場合なら、買主が放棄するのと同じ額を支払うことで売主側から解約できると教えた。つまり、自分の都合で取り消す側が、相手に同等の金額を支払うのだ。

「手付金と言って、何もなければ、売買代金の一部に充てられるものだ」

「だったら、ぼくが返してもらえなくなるはずだったのと同じ金額を、貸主さんに払ってもらえばいいってこと？」

それなら公平だと晴は思ったのだが、桐谷は笑みを浮かべて首を振った。

「実は、貸主側から解約を申し出ることはできないんだ」

「え……？」

「賃貸契約というのは、借主、つまり住む人間を守るようにできている。住んでいる人間や、すでに契約を終えて住む予定だった人間に、貸主側から部屋を貸せないとは言えない決まりになっているんだ。でないと、晴のように、住むところがなくなって困る者が出るからな」

よほどのことがない限り、住んでいる人間を追い出すことはできないのだという。

「よほどのことって？」

「悪質な家賃の滞納や極端な騒音、悪臭など、住む側に問題がある場合だな。その時は、債務不履行や契約違反などを理由に解約できることがある」

「でも、今回みたいにシロアリの被害が見つかって、建て替える時はどうするの？」

「それが本当なら『正当事由』に当たらないこともないが、それも認められる場合とそうでない場合がある」

「正当事由？」

「貸主側から解約、つまり立ち退きを求めるためには正当事由が必要になる。本人がその物件に住むことになったとか、老朽化で建て替えが必要になったとかだな。だが、その場合でも立ち退き料が支払われるのが普通だ」

正当事由があり、立ち退き料を支払い、借主が納得して、初めて解約できるのだと繰り返す。

「つまり、そこまでしなければ、物件から出ていけとは言えないわけだ」

それくらい、住む側の権利は守られている。

「契約が結ばれている以上、双方に責任が発生する。未入居であることは理由にはならない。晴に非はなく、損害も出ている。しかるべき金額を補償すべきだと不動産屋に伝えた」

金額は桐谷のほうで算出したが、その額で晴が納得できなければ、また交渉してくるという。納得するも何も、もともと晴は当てにしていなかったものだ。

「でも、これ全部ぼくのなの？　さっき言ってた、先生の報酬っていうのは？」

「貸主が、俺の事務所に支払う」

正当事由があり、借主に立ち退きを求める場合でも、その交渉は弁護士資格のある者にしかできないのだという。

「だから、交渉の一部をうちの事務所が請け負った」

「そうなんだ……」

しかし、それでは貸主は、相当大変なのでは……と心配する晴に、同情する必要はないと桐谷は言い切る。

「だいたい、シロアリが出たという話は嘘だ」

「えっ」

「貸主は不動産屋の身内だったしな。あの不動産屋は全部わかっていて、晴に黙っていたんだ」

近くに新しい商業施設ができるのを知って、不動産屋が入れ知恵をしたのだという。更地にすれば高く売れるだろうと。

「完全な金銭目的で、正当事由にすら当たらない。立ち退き料だけで交渉するしかない案件だな。そうなると、金額はさらに上がる。しかも、虚偽の理由を提示した。その点も指摘しておいた」

やけに綺麗なドヤ顔で桐谷は言った。

「晴に提示させた金額も決して高いとは言えない、もっと吊り上げることもできるぞ」

ニヤリと笑って続ける。

「なんか……、先生って……」

「うん?」

「血も涙もないって感じ……」

「……っ!」

桐谷の顔が凍り付き、一瞬のうちに表情が抜け落ちる。

「ひ、人聞きの悪いことを言うな。俺は正当な判断を示しただけだ」

そもそも弁護士を通さない交渉は、非弁行為と言って法に反する。桐谷が提案した金額は通例に照らした標準的なもので、悪意を以て虚偽の事実を告げた点を差し引いても、かなり良心的に算出している。しかも、他の住民への交渉まで事務所を通して引き受けてやったのだ。これ以上の親切対応があるかと、どこか必死に訴えた。

「でも、この金額は……」

再び用紙に視線を落とす。提示されている数字は、支払う予定だった家賃の、ゆうに半年分を超えている。まだ入居もしていなかった晴が受け取る額として、いくらなんでも多すぎるのではないか。

だが、桐谷は「正当な金額だ」と繰り返した。「もっと取ってもいいくらいだ」と続ける。もともとの家賃が安すぎて、たいした額にならなかったのが無念だなどと言う。

「どうして、ここまでしてくれるの?」

仕事を請け負ったなどと言っているが、こんな案件を扱わなくても桐谷の事務所には十分な仕事があるはずだ。忙しい身で、わざわざ関わるようなものではないだろう。

「……晴を騙そうとするからだ」

ぼそりと言ってから「まあ、実際、悪質だったしな」と続けて視線を逸らした。

(先生……)

こんなふうにお金を払ってもらえるとは思わなかった。お金のことはもちろん助かる。けれど、それ以上に、晴のために桐谷が動いてくれたのだと思うと、じわじわと胸の奥が温かくなる。

「ありがとう、先生」

笑顔を向けて告げると、桐谷の表情も和らいだ。

「そういうわけだから、ここの支払いにはその報酬を充てる。いいな?」

ほとんどこじつけにしか思えなかったが、晴は素直に頷いた。

「うん。じゃあ、ぼく遠慮しないで食べる」

「そうしてくれ」

桐谷も嬉しそうに笑う。晴はホッと息を吐いた。

肩の力が抜けると、先ほどから気になっていた部屋の内装に目が行った。個人宅を改装した店内は白を基調とした落ち着いた雰囲気で整えられている。店内はやや広いオープンな一室といくつかの個室に分かれていて、晴と桐谷が案内されたのは、一人客かカップルのための個室だった。広さは六畳程度で、天井もそれほど高くない。一般住宅としてはやや高めの二百七十センチ程度で、店舗用に設計された最近の建物と比べるとかなり低めだ。

この空間は、店舗の客室としてはとても小さい。人によっては窮屈に感じるかもしれない。しかし、その窮屈さが晴には心地よかった。親密な空気が流れ、他の来店客の目を気にする必要もなく、二人だけでゆっくりと食事を楽しむことができる。

(あ、そうか……。これって、わざとなんだ)

敢えて広げることをやめて、狭い部屋をそのまま活かしている。

「本当は、理由などなくても甘えてくれれば、嬉しいんだが……」

ふいに桐谷の声が聞こえたが、店の内装に気を取られていた晴には意味がのみこめなかった。

「こういう発想って、どうやって思いつくんだろう」

「発想？」

「この建物の……。敢えて狭いままにするとか」

狭いことを承知で、それでいいと判断できる力。その結果、住宅らしい温かさを残しながら、店としての機能も損なわれていない。

晴が思ったことを口にすると、桐谷は「ああ」と微笑んだ。

「あいつは、一種の天才だからな」

「あいつ？　先生、ここの設計を手掛けた人を知ってるの？」

けれど、料理が運ばれてくると、「その話は、また今度だ」と桐谷は話の続きをするのをやめてしまった。

店員の説明に耳を傾け、料理に集中する。白アスパラガスのグラタン仕立て、オレンジ風味のオマール海老を添えた新鮮なサラダ、カサゴのブールブランソース、鴨肉のロティ……。どれも盛り付けが美しく、今まで食べたことのない複雑な味なのに、なぜか馴染んだ好みの味のようにも感じた。つまり、すごく美味しかった。

デザートには桃のシャーベット。桃は晴の大好物である。濃い目のコーヒーと一緒に運ばれてきたそれを、目を細めてうっとりと味わう。

「はあ……。美味しかった」

品よく盛られた皿は、それぞれの量は決して多くはなかったが、それでも、コースの最後になると、かなり満腹になっていた。

「どうだ、足りたか？　晴は見かけによらずしっかり食べるからな」

「うん。もう、おなかいっぱい。すごく美味しかった」

「次はワインも頼もう」

クルマで十分ほどのこの店までは、桐谷の運転するメルセデスで来ていた。途中で何度か料理に合うワインを桐谷から勧められたのだが、自分だけ飲むのは申し訳ない気がして断った。

「飲めないわけではないなら、次は歩ける距離にある店か、ここまでならタクシーを使ってまた来よう」

桐谷の口から出る「また来よう」とか、「次は」という言葉を聞くだけで嬉しくなった。

「先生は、よくお酒を飲むの？」

ワインにも詳しい様子だった。母親が家では飲まない人だったせいもあり、普段の夕食を用意する時、晴はアルコールについて何も考えていなかった。晩酌という習慣があることすら忘れていたのだ。

「もしかして、夕飯の時にもお酒があったほうがよかった？」

少し心配になって確認すると、桐谷は「いや」と軽く否定した。仕事が残っていることのほうが多いので、もともと夕食時に酒を飲む習慣はないらしい。「出されれば付き合うし、嫌いではないのだが」と言って穏やかに微笑む。

「実は、飲みたい気分の時は夜中にこっそり飲んでいる」

「そうだったの？」

「ああ。グラスを片付けて証拠も残していないから、晴にはバレていなかったようだな」

かくれんぼの鬼でも出し抜いたような、どこか得意げな顔で桐谷は笑った。なんだかちょっと呆れたような気持ちになりながら、同時に晴の中で桐谷の存在がまた近いものになる。

どんどん引きつけられて、最後には離れることが出来なくなってしまう気がした。そう感じると、少し怖かった。なのに、もっと近くに行きたい気持ちが抑えられないのだ。

小さく痛む胸を隠し、魅かれて止まない男の顔から、晴はそっと視線を逸らした。

「何かもっと召し上がりますか？」

食事の終わりが近づき、店員が聞きに来る。お腹はいっぱいだったけれど、まだ帰りたくなかった。

桐谷がコーヒーのおかわりを頼み、晴も同じものでいいかと聞かれて笑顔で頷く。まだ帰らなくていいのだと思うと嬉しかった。この時間をもう少し味わっていていいのだ。

しかし、その時、晴のスマホが勢いよく震え始めた。

ちょうど店員が部屋を出ていったところで、個室の扉も閉まっていたから、まわりに迷惑をかけることはなかったが、晴は驚いて飛び上がった。

「ご、ごめんなさい！」

テーブルの端に置いたスマホを手に取る。ブルブルと思いのほか大きな音を立てて震える機械に慌てて、通話表示の画面を急いでタップしてしまった。表れていたのは十一桁の数字で、登録されていない相手からのものだと気づいてさらに慌てたが、その時には、すでに相手が話し始めていた。

『美原くんか？』

いきなり名前を呼ばれて驚く。間違い電話や無作為にかかってくる勧誘電話ではなかったらしい。

「……あの、どちら様、ですか？」

『ああ、私だ。成瀬だよ』

「成瀬先生？」

成瀬がどうして晴の携帯番号を知っているのだろうか？　怪訝に思うが、答えを探す前に成瀬が話し始める。

『今週、ずっときみを待っていたんだが、とうとう研究室に来なかったね。そんなことでは、意欲を疑わざるを得ないな。まだ間に合うから、来週には一度顔を出しなさい。レポートの内容について、少し話を……』

こちらの都合を聞くこともなく、成瀬は話し始めた。目の前にいる桐谷に目と口の形だけで「すみません」と謝る。

申し訳ない気持ちを我慢して、しばらく話を聞いていたのだが、成瀬の電話はなかなか終わりそうになかった。

（どうしよう……）

何度か視線を向けると、気にするなというように桐谷は軽く頷いてくれた。運ばれてきたコーヒーを静かに口に運んでいる。

はい、とか、はあ、とか相槌を打ちながら、いつ終わるともわからない成瀬の話を聞いていた。話のほとんどは、今わざわざ電話で話さなくてもいいようなものばかりだった。トリエンナーレへの出品についての逸話など、成瀬の過去の成功譚をここで聞かされても、どう答えていいかわからない。

困惑を隠しきれなくなって顔を曇らせると、桐谷はくすりと笑って自分のスマホの画面上部を指で差した。充電の残量を表示する部分だ。

（あ……）

切れと言う意味ではない。晴が電話を切りたいのなら方法はあると教えているのだ。

すぐに意味を理解して、晴はどうにか成瀬の話に割って入った。嘘も方便。そう自分の良心に言い聞かせる。

「先生、ごめんなさい。スマホの充電が切れそうです」

『ん、そうか』

たいしたことではないという調子で成瀬は返してきた。まだ話を続けそうな気配がして、晴は少し強めに「もう本当に、無理みたいです！」と告げた。心の中で、ごめんなさいと謝りながら。

『何？　仕方ないな。充電くらいきちんとしておきなさい。じゃあ、とにかく来週早いうちに、一度研究室に来るように。いいね？』

そう念を押して、ようやく成瀬は通話を切った。「はあ……」と思わず深いため息が零れた。桐谷がわずかに問いたげな視線を向けてくる。

長電話を詫びてから、「成瀬先生からでした」と口にした。桐谷に聞いてほしいような気持ちもあって、「ゼミのことで……」と続けた。つい、もう一度ため息を吐きそうになり、気づいた桐谷が可笑しそうに笑う。

「大変だったようだな」

晴は正直に頷いた。

「だけど、ぼくの番号、どこで聞いたんだろう……」

「教員なら、必要に応じて学事部に開示を請求できるからな」

「えっ、そうなの？」

「それなりの理由があればな。教員には、案外簡単に教えるだろう」

実際に連絡が必要になることがあるし、教授である成瀬が相手ならば、ささいな理由でも事務方は拒まないだろうと続ける。

「個人情報なのに……」

眉をひそめる晴に、あらかじめ書面で許諾を得ているのだから違法ではないと桐谷は言った。晴には心当たりがなかったが、個人情報に関する細かい規約のどこかに、必要に応じて教員への開示を認めるという一文があるはずだと続けた。

「あんな文言はいちいち読まない人間がほとんどだろうが、書いてある以上、知らなかったでは済まないのが法律というものだ。ポイントになる部分くらいは理解する癖をつけておくと、あとあと生きていくのに便利かもしれないな」

すっかり冷めてしまったコーヒーはいつの間にか下げられていて、かわりに熱い紅茶のポットが運ばれてきた。電話が終わるのを見計らったかのようなタイミングでテーブルに置かれたポットから、香りのいい濃いアッサムティーが注がれた。温めたミルクがたっぷりと足される。

「ゼミのことで、と言っていたが……」

差し支えなければ話してほしいと促され、成瀬からの電話を受けることになった経緯を含め、ゼミ選択に関することを、なるべくかいつまんで話した。

成瀬のゼミを希望する学生が多く、競争が激しいこと、相談に行こうとしても研究室にはいつも鍵がかかっているという噂があることなども話した。

「でも、この前、成瀬先生のほうから声をかけてくれて……」

軽く頷くだけで、桐谷は黙って耳を傾けている。

「ぼくの町には、小さいけど、町の歴史を展示する博物館があったんだ。その隣に、市民ホールが併設されてて、その建物がぼくは好きで……」

光の中の水の庭。懐かしい風景が瞼に浮かぶ。

「いつかぼくも、こんな建物を作りたいなって思って、大学も選んだんだ」

「その市民ホールが、晴の原点なんだな」

うん、と頷く。博物館と市民ホールは、町の出身者である成瀬が設計した。イタリアのミラノで三年に一度開かれるトリエンナーレに出品するなど、大きな成功を収めた成瀬が設計を手掛けたことは町の誇りでもある。

「ぼくは成瀬先生の作品がきっかけで建築に興味を持つようになったし、南ヶ丘大学を受けたのも成瀬先生がいたからだし……、だから、ゼミは成瀬先生のところって、ずっと思ってたんだけど……」

このところ少し迷っているのだと、自分の気持ちを確かめるように口にした。

「成瀬先生の他の作品を見るたびに、なんだかあの建物とは、イメージがどんどん離れていく気がして……」

晴はかすかに眉根を寄せて、表情を曇らせた。

「心配になる。ぼくが好きなのは、本当にこの人の作品なのかなって……」

「心配に……、か？」

「うん。なんだかすごく大事なところで、間違ってるような気がしてくる」

「そうか」

桐谷がにこりと微笑んだ。よくできた学生を褒めるように「いいところまで行ってるじゃないか」と言って頷く。

「……え？」

「晴は、自分の目や心が見て感じたものを大事にしている。答えはすぐに見つかるはずだ」

自分の目で見て心で感じる。

「そこには、他人から教えられるものには含まれない大切な情報がある。それを丁寧に掬いあげてみれば、それまでわからなかったものが見えてくるはずだ」

「わからなかったものが……」

「もしかすると、もう半分以上見えているのかもしれないいな」

晴はじっと自分の考えに浸った。顔を傾け、頬に手を当てて睫毛を伏せていると、苦笑めいた声が届く。

「晴、そういう色っぽい顔は外でするなよ……」

「い、色っぽい……？」

「無自覚なのは感心しないな。時々、理性がぐらつくような顔をしている」

「ええっ？」

「いくら俺ががっつく歳ではないとはいえ、一応生身の人間だ。あまり誘惑しないでくれ」

「ゆ、誘惑なんて……」

どんな言いがかりだと困惑するが、桐谷は「まあ、無自覚なのだから仕方ないか」とため息を吐いて、ポットに残っていた紅茶を晴のカップに注いでくれた。他愛のない話をしながら、ゆっくりと二杯目のミルクティーを飲む。

会計はいつの間にか済んでいて、店のスタッフたちに見送られて外に出た。青い月明かりの下で、濃紺のメルセデスが晴たちの戻りを待っていた。晴のために助手席のドアを開けながら「簡単に手に入る情報というのは、それだけのものだ」と桐谷は言う。

「心に引っかかることがあるなら、自分でしっかり調べてみるといい」

(心に引っ掛かること……)

晴の頭には、やはり市民ホールの中庭が浮かんでくる。「うん」と頷くと、桐谷も満足そうに頷き返した。

「ああ、そうだ」

運転席に乗り込んだ桐谷が、思い出したように口を開いた。

「忘れないうちに言っておこう。明日は実家に顔を出さなければならなくなったから、昼は必要ない」

「はい」

チラリと横顔を見ると「……姉のご機嫌伺いだ」と、桐谷が苦笑した。

「お姉さん……?」

「ああ。ちょっと頭が上がらない、怖い姉が、俺にはいるんだ」

そうなのかと頷きながら、晴は少し嬉しくなった。

(先生には、ご機嫌伺いが必要な、ちょっと怖いお姉さんがいる……)

晴と桐谷を乗せた紺色のメルセデスは、夜の住宅地を滑るように走り抜ける。その助手席にすっぽりと収まって、新たに知った桐谷の情報を、晴は、宝物のように自分の胸に刻んだ。

【6】

大学図書館の一角に教職員の著書や関連書籍を集めた棚があると聞いて、晴は足を運んだ。分野別に整理された棚を眺め、法学部と書かれた仕切りの中に桐谷の著書を見つける。

一冊手に取ってパラパラとめくってみたが、専門書なので内容はさっぱりわからなかった。仕方なく棚に戻し、せめてどこかに著者近影が載っていないだろうかと探してみたが、数冊置かれた本のどこにも写真はなかった。

(残念……)

がっかりして別の棚に移動し始めた。

「何してるの？　晴」

突然声をかけられて、思わず飛び上がる。

「なんでびっくりすんのよ」

「あ、亜衣……」

「先生の本、探してるの？　誰の？」

「あ……、えっと、成瀬先生……」

つい桐谷の本を先に手に取っていたが、この一角を訪れた目的は成瀬の資料を探すことだった。作品集かリストなどがあれば調べてみようと思ったのだ。成瀬ほどの建築家なら、そういう資料がいくつか出ていてもおかしくない。そう思ったのだが……。

「ひとつも置いてないみたい」

「ああ、成瀬先生のはね……、こっち」

案内されたのは一列奥の棚で、そこには書棚まるごと全部に、成瀬の作品集や成瀬自身が紹介された雑誌が詰め込まれていた。

「わあ。すごい量だね。なんか、同じ本が何冊もあるみたいだけど……」

桐谷の本は一冊ずつしかなかった気がする。たぶん、他の先生の本も……。

「ここの本て、先生自身が持ち込むらしいから」

「え……」

「どの先生も、一応、一冊ずつは寄贈してくれるみたいね」

「へえ。でも、じゃあ……」

棚を埋め尽くしている書籍や雑誌類は、全て成瀬が自分で持ち込んだということか。

「すごいね」

「これでも少ないほうだよ。研究室にはもっとたくさんあったもん。それこそ床まで溢れてたよ」

作品集はもちろんのこと、成瀬を特集した記事が載った雑誌なども全て数冊ずつ、イタリアのミラノで三年に一度開かれる芸術祭『ミラノ・トリエンナーレ』に関するものになると数十冊単位でストックされていたという。

「ミラノ・トリエンナーレに出品できた日本人建築家なんてほとんどいないし、気持ちはわからなくもないけど……。でも、さすがにちょっと引いたわ」

亜衣は乾いた笑いを漏らした。

「でも、亜衣は成瀬先生のファンなんだよね」

「まあね……。というか、作品のファンだったんだけど……」

言いながら、棚から本を一冊抜いた。パラパラとページをめくって、名古屋の有名シティホテルの内装写真が載ったページを開く。

「こういう徹底してゴージャスな感じとかね、すごいなって思ってたのよ。良くも悪くも、こんなふうに個性がギラギラした、やり尽くした感じってそんなにないでしょ。あたしは、こういう成瀬作品が好きだったのよね」

次に、成瀬を一躍有名にした『ミラノ・トリエンナーレ』の関係書籍を書棚から抜き出す。

「これとか、ほんとにすごかったと思わない？」

芸術祭の建築部門にエントリーした時のもので、今からおよそ十五年前の作品だった。受賞はならなかったものの、この芸術祭にエントリーするだけでもかなり名誉なことで、今でも成瀬の自慢の種だ。

この作品は、晴も素晴らしいと思っていた。亜衣が言うように、方向性がはっきりしていて迫力がある。

「この頃の作品は、ほんとに好きなんだよ……。こういうくどいくらいの豪華さがよかったのに……」

別の雑誌を抜き出し、ページをめくる。

「これなんて、どう思う？　名前だけで評価されちゃってる感じじゃない？　それらしく派手にはなってるけど、なんだか中途半端っていうか、他の誰が作っても変わらないような感じ。成瀬先生の名前があれば、いいとか悪いとかは関係なくなっちゃってるのかなって思う」

時代の変化など、いろいろな影響があるのかもしれないが、成瀬らしい絢爛豪華さこそが、自分にとっては魅力的だった。なのに、最近はどの作品も中途半端になった気がすると亜衣は言う。学生の自分が言うのもおこがましいけれどと前置きしつつ、突き抜けた迫力がなくなってしまったように感じると続けた。

「そのことが、すごく残念」

「そっか」

手近な雑誌を抜き取り、目次だけを目で追っていると、亜衣が聞いた。

「それで、晴は、成瀬先生の何を調べたいの？」

「ぼくの町の市民ホールのこと……。どこかに記事がないかなって思って……」

インターネットで検索しても、出てくるのは市のホームページに載っている紹介文だけだった。もう少し詳しい資料が見たくて探しに来たのだ。

「ああ、例の晴のお気に入りね。十年くらい前の作品だっけ」

「うん」

トリエンナーレへの出品で一躍有名になった成瀬が、特に精力的に仕事をしていた頃のものだ。同じ時期の作品資料はかなりあったのだが、地方の一都市の小さなホールに関するものとなると、なかなか見つからなかった。

「直接、先生に聞いてみれば？　研究室なら本に載ってない資料もあるだろうし、一度行ってみるといいよ。美原くんはいつ来るんだって、人の顔を見るたびに聞いてくるし」

よほど晴がお気に入りなんだね、と亜衣は続けた。

「いいなあ。晴は絶対、成瀬研究室に入れるよね」

「そのことなんだけど……」

少し迷ったが、土曜日に成瀬から電話があったことを亜衣に打ち明けた。

「マジで？」

亜衣は目を丸くした。

「そこまで気に入られてるなら、第二の川本先生になれるかも」

「第二の川本先生?」

「うん。川本先生って、ずっと成瀬先生の助手だったんだって。学生時代から先生のお気に入りで、卒業した後も、成瀬先生に引き留められて大学に残ったって聞いたよ」

さらにその後は成瀬の紹介で南ヶ丘大学の非常勤講師になり、現在は准教授の地位にある。

「まさに、トントン拍子って感じだよね」

ずいぶん詳しい。晴は亜衣に聞いた。

「なんでそんなこと知ってるの?」

「調べたのよ。美形の先生について、経歴や周辺情報をチェックするのは基本でしょ」

そうなのだろうか。

「でもさ、コネの力って、やっぱり大きいんだね」

「コネ? 川本先生は立派な先生だよ。コネなんかなくたって……」

チッチッと指を振り「実力だけじゃ難しいでしょ」と亜衣は言う。

「大学の講師って、いつどんなふうに求人があるかわからないし、採用する側にも専門的な知識がないから、信頼できる先生からの推薦に頼ることが多いんだって」

講師の空きが出た時、ずっと成瀬の助手をしていた川本が成瀬の推薦を受けたとしたら、事務局としても安心して採用したはずだと亜衣は続けた。

「それは、そうかもしれないけど……」

「川本先生、実務方面じゃ、あんまり有名じゃないし」

けれど、やはり川本が優秀だったからだと晴は思う。確かに設計した建物の数はそれほど多くないが、論文が高く評価されていることを知っていた。

「まあ、川本先生のことは別にしても、そこまで熱心に誘われてるんだから、一度くらい行ってみなよ」

亜衣は軽く言う。だが、熱心に声をかけてくれるからこそ、一度でも研究室を訪ねれば、他のゼミには行きにくくなるのではないかと晴は思っていた。

そう言って躊躇する晴を、亜衣は「固いなぁ」と笑った。

「晴って、ほんとに真面目だし、慎重だよね」

結局、市民ホールの資料は見つからず、亜衣と一緒に図書館を出た。

ラウンジへ向かう途中、成瀬の研究室がある建物の前を通る。今にも成瀬が出てくるのではないかと思うと、なんだか落ち着かない気持ちになった。

建物脇の警備員室にいる初老の男性と目が合い、軽く会釈をしたところで亜衣が呟いた。

「あ、噂をすれば川本先生だ……」

晴たちとは反対側から歩いてきた川本が、立ち止まって警備員と何か話している。晴たちに気付くと、眼鏡の奥の瞳を軽く細めて近づいてくる。

「今からお昼かい?」

「ええ。先生もですか?」

三十代後半の川本は、細身で色白の容姿や物静かな佇まいのせいか「影が薄い」などと学生たちに揶揄されがちだ。本人は気にする様子もなく、ひょうひょうと講義をこなしているけれど……。

「この前の美原くんのレポート、よく調べてあって感心したよ」

急に褒められて、少し慌てる。

「あ、ありがとうございます……」

亜衣や田沢は選択していない、少人数の構造解析のレポートだ。

「データの処理もすっきりまとまっていたし、力学的な流れの捉え方も的確だった。なぜその形でなければならなかったのかという点まで考察してあって、美原くんは美しい構造というものをよく知っているなと感じたよ」

晴ははっとして、目を上げた。

(美しい構造……)

それは、晴がよく心の中で考えることだ。

意匠と構造の有機的な結び付きによる必然的な美しさ。力の流れを正しく見極め、「なぜその形でなければならないのか」を知ること。

晴の心は急速に傾いていった。

(やっぱり、ぼくは川本先生のゼミに行きたい……。川本先生なら、ぼくが学びたいことを教えてくれる気がする……)

「それじゃあ、また」

ラウンジの前で川本と別れた。亜衣が感心したように大きく頷くのを見て、晴は、亜衣も晴と同じように心を動かされたのだろうかと思った。

だが、亜衣の関心は別のところにあった。

「やっぱり美形だよ、川本先生。もったいないなあ、磨けば、絶対光るのに」

「誰が美形だって？　俺か？」

ポンポンと、晴と亜衣の頭を順に叩いて田沢が合流してきた。

「あれ、田沢。今来たの？」

「うん。『なんでも屋』の臨時バイトが急に入ってさ」

家事代行サービスの応援を頼まれたのだという。

「家事って、けっこう重労働なんだな。片づけと掃除をしただけなのに、半日でクタクタだよ」

「情けないわね。晴は毎日やってるんだよ」

「おまえが威張るなよ。自宅通いで、全部オカアサンにやってもらってるくせに」

嫁さんに貰うなら絶対晴だな、と鼻で笑う田沢の首を「価値観が古い」などと言いながら亜衣がぎゅうぎゅう絞めた。相変わらず仲がいい。

「ギブだギブ。亜衣、離せ」

亜衣の手を逃れると、軽く首を回しながら田沢が聞いた。

「それより、前におまえ、ハウスキーパーのバイトでセクハラがどうとかって言ってなかったか？」

「ああ、なんかそういう事件があったって、噂で聞いたのよ。だから、晴がハウスキーパーのバイトを始めるって聞いて、ヤバイんじゃないかなって思ったんだけど」

なるほどなと頷いてから、「あれ、雇用主って、どっかの大学の有名な先生だったらしいぜ」と田沢は言った。

「え、大学の先生だったの？　どこの？」

「そこまではわからない。けど、被害者はそこの学生で、相手が有名な先生だったから、大学のほうで一度は揉み消したんだってさ。それが、最近になってネットで拡散されちまったらしい」

「えー……」

ネット経由の噂話だから真偽のほどはわからない。だが、一部でわりと話題になっているようだと田沢は言った。

「今日のバイトも、『一人で客先に行くのは危険だ』とかなんとか言いだすやつがいて、急に応援に行くことになったんだよ。で、一緒に行ったやつが妙に話好きで、作業の合間にあれこれ教えてくれた」

尾ひれがついている部分もあるだろうけれど、どこかの大学の教授か准教授だという点については信憑性が高いらしい。

「昔の書生か何かみたいに、住居や生活の面倒をみるかわりに、タダ同然で家政婦代わりにこき使ってたらしいぜ」

「えー。そのうえ夜のお相手まで強要してたの？」

「そういうこと」

「ひどいね」

二人の会話を聞くうちに、晴はなぜだか居心地が悪くなってきた。

(全然、違うけど……)

桐谷に任されている家事は、あれでアルバイト代までもらうのは申し訳ないと思うような簡単なものだ。時間もかなり自由で、晴は自宅にいた頃のように楽な気分で作業を進めている。こき使われているなどと思ったことは一度もない。

「だいたい、使用人とか学生とかに手を出しちゃダメでしょ」

「セクハラって怖いよなぁ」

亜衣と田沢の会話は続く。晴は心の中で首を振った。

(そんなんじゃ、ない……)

桐谷は、からかうように晴に触れてくることはあるけれど、そんなのとは違う。

(でも……)

ぎゅっと唇を噛んで、視線を落とした。わざわざ「違う」と考える自分が不安になる。もやもやとした気分が胸の内で大きくなる。

雇い主と使用人。大学の教授と学生。状況が少し似ているだけだ。晴と桐谷の関係とは違う。

けれど、そう考えるそばから、もしかすると、違っているのは晴の気持ちだけなのだろうかと不安になった。桐谷にとって、晴はからかって遊べる楽しいおもちゃで、ただのハウスキーパーなのだ。

それに……。

――晴、気持ちいいことしようか。

あの時の言葉は、身体の関係を求めるだけのものだった。

「晴？　どうした？」

「お昼、行くよ」

「あ……、うん」

亜衣たちの後を追ってラウンジに向かいながら、心の中の不安ややもやもやが大きくなるのを感じる。

噂の中身と何が違うだろう。桐谷にとって、晴はただのハウスキーパーで、ちょっとからかって遊ぶだけの相手にすぎないのだ。


「ただいま、晴」

帰宅すると、桐谷はごく自然に晴を抱き寄せる。さらりとした髪を指で梳くように撫で、晴のこめかみやつむじに軽くキスを落とすのだ。晴はそれを黙って受け入れていた。

けれど、今の桐谷はそれ以上の無理強いはしない。いっそ、もっと好き勝手に触れてくれればいいのにと、自分でもよくわからないことを切なく考えた。

「明日の夕食は外で済ませる。急で悪いな」

抱き寄せられたまま耳元で囁かれて、言葉の意味を、一瞬、拾い損ねた。

「え……？」

六月の終わり。梅雨に入り、急に湿度を増した外気が室内に流れ込む。庭のローズマリーの香りに混じって桐谷からも雨の匂いがした。

「あ、お仕事……？」

あまりあれこれ聞いてはいけないと思うのに、言葉がするりと零れ落ちた。

「いや。どちらかと言うと個人的な相手だ」

桐谷の瞳が、なぜか嬉しそうに細められる。誘われるように次の問いを口にしていた。

「お姉さん……？」

「いや、違う。気になるのか？」

瞳が泳ぐ。桐谷の手が頬に触れ、そのまま包みこんだ。

「晴……」

ふいに唇を塞がれた。

「ん……」

「晴が、悪い……」

短く囁いて、桐谷はキスを深くした。

ここ数日のような穏やかで優しい触れ方ではなかった。欲情を感じさせるくちづけに、晴の心臓は壊れそうなほど鼓動を速める。

「晴が可愛いことを言うからだ」

晴のせいだ、と繰り返して、桐谷はキスを続けた。

「ん……」

唇を塞がれたまま、脇腹に手のひらを這わされる。ぞくぞくとした快感を逃そうと、背中が徐々に反っていった。

「晴、可愛い……、晴……」

(あ……、どうしよう……)

首筋を吸われて、甘い痛みが走り抜けた。

「……、せん……」

言葉を奪うかのようにまた唇を塞がれた。角度を変え、口腔の奥まで舐め尽くすように舌が入り込んでくる。もっと別の、誰も知らない場所から晴の中に入りたいと訴えるような、深く長いくちづけだった。

(先生……)

どうしよう、と心が繰り返した。空いている左手が、桐谷のシャツを握り締める。

(どうしよう……、先生が、好き……)

心が言葉を紡いだ瞬間、晴の瞼から涙が零れ落ちた。

「う、ふぇ……」

「……晴?」

急に桐谷が晴を離した。慌てた様子で顔を覗き込み、指先で晴の涙を拭う。

「晴、すまない……。泣かないでくれ」

どこかすがるように、腕の力を強めて抱きしめ直す。小さな子どもを宥めるように、何度か晴の背中を撫でた。

「すまない。晴を怖がらせるつもりはなかった」

晴の髪にそっと唇を押し当て、「泣かないでくれ」、「悪かった」と繰り返し、大きな手で晴の背中や髪を撫で続けた。

「俺は、我慢することに慣れていない。加減がわからないんだ」

困り切ったような桐谷の態度が不思議だった。

「こんなに理性を試されるのは初めてだ。苦しいものだな……」

少しの間、心地よい腕の中に収まっていた。桐谷のため息が何度かつむじに落ちた。いつまでも髪や背中を撫で続けている桐谷に、晴は小さな声で告げた。

「ごはん」

「ん？」

「ごはん、作らなくちゃ」

「あ、ああ。そうか、すまない。いや、頼む」

パッと、慌てて手を放す。その仕草がなんだか可笑しくて、晴はクスリと笑みを零した。それを見ていた桐谷がふっと表情を緩ませる。「ほころぶ」という表現が似合う自然な微笑だった。

その時、唐突に、カウンターの上のスマホが振動し始めた。身体を強張らせた晴を見て、桐谷の表情も硬くなった。

「またか」

登録していない数字は、すでに見慣れたものだ。

「成瀬先生はどういうつもりなんだ。ここ一週間、ほとんど毎日じゃないか」

成瀬から最初の電話があった後、晴は結局、研究室には行かなかった。すると、その週末には、さらに長い電話を受けることになった。

途切れることのない話の合間に、それでもどうにか、ゼミの選択にはまだ迷いがあること、成瀬のゼミを希望する時には必ず研究室を訪ねるつもりであることを告げた。それで一応、断ったつもりだった。

ところが、どういうわけかその後、成瀬は毎晩のように電話をかけてくるようになった。悪いようにはしないから、一度研究室に来るようにと、しつこいくらいに何度も誘われ続けている。

「出たくない……」

思わず正直に呟く。

「出なくていいだろう。たまたま電話から離れていることもある」

「いいの？」

桐谷が頷く。

「俺も、居留守は好きではない。出られないのなら電源を落とすか、一度出た上でかけ直す旨を伝えるのが筋だと思っている。だが、それは相手がまともな場合だ……」

今の成瀬は異常だと言って、桐谷は表情を険しくした。電話は一度切れたが、すぐに同じ番号からかかってきた。二度目の長い振動が収まるまで無言で待った。

いっそ電源を落としてしまえばいいのではと言われたが、離れて暮らす母や弟からの電話に出られないのは不安だった。二人に心配をかけるのも嫌だ。

重くなった空気を祓うように、桐谷が話題を変えた。

「明日のことだが、高城が『接待させろ』とうるさいから、付き合ってくる」

「タカギさん?」

華やかな容貌が頭に浮かんだ。

「あいつが抱えてたトラブルが、二転三転した末にようやく片付いたからな。自分が羽根を伸ばしたいだけだ」

「そうなんだ」

「まあ、俺も少し話したいことがあるし」

嬉しそうに笑い「なるべく早く帰るつもりだが、何時になるかわからない」と続ける。「気にせず先に寝ているように」と言われて、普段の仕事とは違うのだなと思った。

(接待って……)

タカギという人は、晴が来てから、二度この家を訪ねてきた。桐谷の家を訪れた人は、今のところ他にいない。家や庭の手入れをする業者や、時々利用するケータリング、本やちょっとした注文品の配送などを除けば、誰も来ないのだ。来客らしい来客は、晴の知る限りタカギだけだった。

（よほど親しい人なのかな）

明日の約束も仕事の礼と言うより個人的な付き合いに近い様子だ。けれど、「接待」と言うからにはタカギのほうで桐谷のために何か趣向を凝らすのだろう。

（接待……）

それにしても、タカギという名前は、どこかで聞いた覚えがある。どこで聞いたのだったか。

（それに……）

「どうした、晴？」

じっと見上げて黙り込んでいる晴に桐谷が不思議そうな顔をする。

「……接待って、どういうお店に行くの？」

立ち入った質問だと思う。けれど、やはり気になる。この一ヶ月近く、桐谷がどこかで遊んでいる気配はなかった。晴に悪戯にもならないような接触をするだけだ。身体の熱を、どこでどうやって処理しているのか、気になる。

桐谷のような大人の男が、どの程度そういうことから遠ざかっていられるのか、晴にはわからない。晴自身がどちらかというと淡泊なせいもある。だが。

（先生……、ほんとは、あ、あ、あんなに、えっちなんだから……）

あの日、桐谷は何度晴を貫いたかわからない。

桐谷が仙人のような枯れた暮らしをしているとは到底思えなかった。見た目がどれほど涼しげでも、桐谷の中身はとんでもない野獣で、世に言う「絶倫」であることも晴は知っている。

「もしかして、えっちなお店に行くの？」

「晴……」

桐谷が晴を抱きしめる。

「頼むから、これ以上俺の理性を試すな」

何かを堪えるように、少しの間そうしていた。軽く髪に唇を押し当て、身体を離す。

「晴がそんな顔をするのに、どこに行けるんだ」

困ったような、それでいてどこか嬉しそうな顔で「高城の店で飲むだけだ」と続けた。

「すっかり食事の支度を邪魔してしまったな」

軽く詫びてキッチンを出てゆく。その後ろ姿を目で追い、それから壁の時計の針を見て、晴は慌てて料理の続きに取り掛かった。


翌日は雨になった。乾きの悪い洗濯物を乾燥機にかけ、調理器具の手入れをしているうちに外は暗くなっていた。

窓の外に目をやり、庭の木々に落ちる雨粒に思いを馳せる。二重サッシュを閉じてしまうと音は全く聞こえない。キニンガーのホールクロックに目をやり、普段なら桐谷が帰宅して、晴に甘い悪戯を仕掛けている時間なのにと思った。

（昨日の、あれ……）

昨夜、突然与えられた深いキスを思い出し、思わず指で唇に触れる。優しいだけのキスではなかった。晴の全部を欲しがるような、情欲の滲むくちづけだった。

（あんなふうにされたの、久しぶりだ……）

思い出しただけで、ドキドキしてくる。身体の奥に熱が生まれる。吐息を吐いてその熱を逃しながら、昨夜の出来事を反芻した。

相変わらず何もわからなくなって、いっぱいになった気持ちを涙にしてしまった晴に、桐谷は何度も『泣かないでくれ』と言った。怖くて泣いていたわけではなかったのだけれど、優しく抱きしめられると心は穏やかになった。

何度も『すまない』と繰り返し、晴の髪や背中を撫で、『我慢することに慣れていない』と言った。それがどういう意味なのか、晴にはよくわからなかった。

ただ、それきりまた、桐谷の触れ方は穏やかなものに戻ってしまった。そのことが、少し寂しい。そんなふうに感じる自分の気持ちもよくわからない。簡単に揺れて、少しも定まらない心を、自分でもどうにもできないのだった。桐谷に触れて欲しいと思う一方で、触れられることで変わってしまいそうな自分が怖かった。

（先生が、好き……）

そう思うそばから、言いようのない悲しさが胸いっぱいに満ちる。心の真ん中に涙の器があって、それは少し傾ければすぐに溢れてしまうのではないかと思うほど、ギリギリまで張り詰めている。

――我慢することに慣れていない。

(先生は、何を我慢してるんだろう……)

晴は真面目に考えた。やはり、下半身の分野だろうか。気にはなるけれど、あまりそのことについて、深く考えたくはなかった。

なんとなく室内を歩き回る。再びキニンガーのホールクロックに目をやるが、針はまだ七時を指していた。ドイツ製のムーブメントを搭載した背の高いこの時計は、外の電動門扉と同様に、クラシカルな見た目を裏切る最新式だ。電池で動いているからチクタクという懐かしい音もしない。

「静かだな……」

誰もいない室内に独り言を呟く。

「そろそろ、ごはんにしようかな」

桐谷の食事がないので、帰宅途中にコンビニのサンドイッチを買ってきて冷蔵庫に入れてある。ヌックのテーブルに広げたテキストを手早く片付け、自分一人のための夕食を準備し始めた。

ケトルを火にかけ冷蔵庫の扉を開けながら、桐谷は今頃何をしているのだろうと考えた。

『高城の店で飲むだけだ』

タカギという人はお酒が飲めるお店をやっているらしい。金色の長い髪を思い出し、あれこれ想像してみる。派手に見えてもどことなく品のある人だったので、おそらく桐谷が行っても楽しめるような高級で洒落た店なのだろう。

アンティークテーブルの美しさに敬意を払い、サンドイッチはきちんと皿に盛った。

紅茶は以前から所持しているスーパーのお徳用ティーバッグだが、お湯の温度に気を付けて、カップに蓋をしてからゆっくり待つ。こうすることで案外美味しく飲めるのだ。実家にいた頃、母から教えられた庶民の知恵だ。

平凡な味のサンドイッチを口にしながら、初めて会った日に桐谷が出してくれたものは美味しかったなと考える。紅茶もそうだ。あんなことがあった後で、身体も心もとても通常通りとは言えなかったのに、サンドイッチと紅茶の味に癒されて、晴は落ち着いて桐谷の話を聞くことができた。

（食べ物でどうにかなるなんて、なんだか食い意地が張った人みたい）

思い出して少し笑ってしまった。

けれど、考えると不思議だ。あの日、間違えて桐谷を訪ねていなかったら、晴は今頃どこでどうしていたのだろう。桐谷が、タカギという人の手配した男娼と間違えて、晴にあんなことをしなかったら……。

そこまで考えて、奇妙な違和感を覚えた。

（タカギ……？）

消えかけていた記憶の中から、桐谷の言葉がよみがえる。

『高城が送って寄越した子じゃないのか？』

確か、桐谷はそう言ったのではなかったか。

（タカギさんて……）

どこかで聞いた覚えがあったのは、あの日耳にした名前だったからだと気づく。タカギは、桐谷のために男娼を手配した人間だ。そして、今夜、桐谷は彼の店に行っている。

接待を受けるために。

突然、目の前の景色が反転する。

『俺は、我慢することに慣れていない』

桐谷の言葉がはっきりとした意味を持って聞こえてきた。同時に、淫靡な映像が脳裏に浮かぶ。

鏡に映った二つの裸体。絡み合い、淫らにうごめく姿……。

けれど、そこに浮かんだのは晴の記憶とは別のものだ。桐谷に抱かれているのは晴ではなかった。

晴の知らない別の誰かが、ギリシャ彫刻のような見事な身体に組み敷かれている。

「……っ」

わずかに口にしただけのサンドイッチをのみ込めず、手のひらで口元を押さえる。大粒の涙が目から溢れ、頬を流れ落ちた。

それきり何もできなくなった。

ほとんど食べていないサンドイッチを残し、逃げるように自分の部屋に駆け込んだ。きつく目を瞑り、両手で耳を塞いで、ベッドに身を投げ出す。

何も考えたくなかった。それなのに、心は勝手に問いを重ねる。

今頃、あの美しい男は、晴にそうした時のように誰かを抱いているのだろうか。汗に肌を濡らし、熱い吐息を吐いて、猛る楔で官能の極みを味わっているのだろうか。

低くくぐもった呻きを漏らし、獣のように腰を揺らして……。

その姿を思い浮かべながら、晴は知らず知らずのうちに自分の雄に手を伸ばしていた。男の吐息と腰使いを思い出し、大きな手に包まれていたものを自分の指で握り締める。拙い動きでそれを擦り上げる。

「あ、あ……」

悦びなど一つも感じないまま、機械的な刺激に促されて精を吐き出した。

「ああ……」

汚れた右手を握りしめ、泣きながらシーツに沈み込む。

夢の中で、何度も恋しい男に貫かれた。肌を重ね、きつく楔をねじ込まれ、胸の先端を指で転がされて、喘ぐ。痛みと悦楽の狭間を縫うように、強い抽挿が送り込まれる。

そして、晴は、涙を零しながら届かぬ願いを口にするのだ。

——他の人に、触らないで……。

——ぼくだけに、して。

「ずいぶんタイプの違う建物だな」

ヌックのテーブルに広げた資料を眺めていると、桐谷が話しかけてきた。

昨夜は相当遅かったようで、珍しく欠伸を噛み殺している。何をしてきたのかと聞く勇気は、晴にはなかった。

タカギという男は男娼窟の主で、桐谷はそこの客……。そう結論づけた晴だったが、一方でそれは晴の勝手な思い込みで、何かの間違いなのだと思いたかった。行き過ぎた妄想だと自分を笑って、全部忘れてしまいたかった。

(だけど……)

桐谷が、晴をそういう少年と間違えて抱いたのはまぎれもない事実だ。あの日、桐谷は晴ではない誰かを金で買おうとしていた。

タカギの店で何をしてきたのかなど、やはり確かめたくない。

大人の男なのだから、今まで何も経験がなかったとは思わない。けれど、からかうように晴に触れる同じ手で、昨夜も誰かを抱いてきたのかと思うと、苦しくてどうにかなりそうだった。

そして、そんな自分をどこかで恥じて、悲しくなった。

桐谷を責める資格は、晴にはない。嫉妬をする理由さえないはずだ。晴はただのハウスキーパーなのだから。

相変わらず土日は休めという桐谷に、たいした手間ではないからと、晴は毎回食事を作っていた。休日分の食事も桐谷が支給することがいつの間にか契約に盛り込まれていて、作らない日の晴の食事を桐谷が手配したからだ。

晴が遠慮すると、それならお互いの意見を尊重して、休日のメニューは簡単なものにしようと桐谷が言い、晴もそれで折れた。

この日も遅い朝食をブランチにして、パンケーキを焼いただけだ。ピーナツバターとバナナのスライスを添えた一皿を、自分で淹れたコーヒーとともに桐谷はヌックに運んできた。

「晴、どこか具合でも悪いのか」

顔を上げると、「目が赤い」と心配そうに覗き込んでくる。食事がテーブルの上に残されていたと言われて、慌てた。

「ごめんなさい」

「いや。大丈夫なら、いいんだ」

あの残り物はどうしたのかと聞けば、桐谷が胃に収めたと言う。

「ちょうど小腹が空いてたからもらった。残しておいた方がよかったか？」

晴は首を振った。

「……でも、おいしくなかったでしょ？」

「手間と価格を考えればそれなりだろう。だが、晴は何か勘違いしているようだが、俺はたいていのものは食うぞ。むしろ、上品に調えられたものばかり口にしていたら飽きると言わなかったか？」

学食も利用しているし、忙しければコンビニの棚にも走ると真顔で言う。そして、だから晴の作るものも喜んで食べていると、褒めているのかどうなのかわからないことを言って笑った。

それから再び、晴の手元に視線を落とした。

そこには弟の雪が送ってくれたパンフレットと資料が広げられていた。故郷の歴史博物館と市民ホールを詳しく紹介したものだ。

「以前、晴が話していたのは、その建物か」

市民ホールのパンフレットを桐谷が指差す。晴は黙って頷いた。

「成瀬先生の設計か……」

最初、晴はこの建物しか知らなかった。だから、成瀬はこういう作品を作るのだと思っていた。重厚な歴史博物館も成瀬の設計であり、むしろそちらの作風が主流だと知ったのは、ずいぶん後になってからだ。

幼い頃に刷り込まれたイメージは簡単には拭い去ることができない。それに「新境地」と騒がれ高く評価された市民ホールは、成瀬の名前とともに故郷では有名だった。

この建物と同じ系統の作品が他にもあるはずだと、晴はずっと信じて疑わなかった。

「晴には、それが同じ人間の作品に見えるのか？」

「え……？」

ずっと心の片隅に潜んでいた何かが頭をもたげる。それでも、晴はまだ半信半疑のまま慎重な答えを口にした。

「この二つの建物は、成瀬先生の作品として、ぼくの町では有名で……」

その土地出身の著名人として、成瀬は市の広報誌にもよく取り上げられてきた。この二つの建築物とともに、晴は何度もそれを目にしていた。

静かな笑みを浮かべて、桐谷はいつかと同じ言葉を繰り返した。

「簡単に手に入る情報はそれだけのものだぞ」

世間の常識や、一般的に事実として知られていることを、一度頭から外して物事を見るといい。

何か別のものが見えてくるかもしれないからと桐谷は言う。

「晴は、どう感じている？　根拠がない中で安易に口にできることではないのはわかるが、ここは別に公の場でもない。俺と晴のほかに聞いている人間もいない。思ったままを言っていいんだ」

市民ホールの写真を見つめる晴を、桐谷は穏やかな目で見ている。

「その建物が、晴の原点なんだろう？」

ドキドキと心臓の鼓動が耳にうるさく響き出す。

（ぼくの、原点……）

晴が建築を学びたいと思った最初のきっかけであり、いつかこういうものを作りたいと願い続けている未来の目標。

それがこのホールなのだ。

「ぼくは……」

胸に込み上げてきた思いを、小さいけれどはっきりとした声で口にした。

「このホールを、成瀬先生が設計したとは思えない……」

桐谷がニコリと、よくできた生徒を褒めるような笑みを見せた。

「でも、なんでなんだろう……」

なぜずっと、この市民ホールは成瀬の作品とされているのだろう。本当の作者がいるのなら、なぜその人は何も言わないのだろう。

成瀬自身も……。

「ある程度のものには冠をかぶせて、本人の作品として発表していたのかもしれないな。ほとんど助手にやらせて、監修だけしたような作品もあったのかもしれない」

市民ホールが建てられたのは、名声を得始めた成瀬が飛ぶ鳥を落とす勢いで仕事の幅を広げていた時期だ。大学の教員を続けながらの設計業務は、おそらく想像を絶する忙しさだっただろう。

全ての作品を成瀬本人が一から作り上げるのは、無理だったはずだ。

事務所を構え、スタッフに業務を割り振ることはごく一般的に行われていることだ。名前が前面に出る仕事では、さすがに基本設計は本人が手掛けるものだろうが、それすらも力のある部下に任せることがあると聞く。クオリティが保たれ、内容に責任が取れるなら、それでいいのかもしれない。

「だが、成瀬先生のように名前が前面に出る設計者になると、作品は必ず他人からの評価を受ける。下手なものは作れない。任せるにしても、よほど腕のあるスタッフを選んだだろうな」

そして、悪い評価以上に怖いのは、そのスタッフの作品が予想をはるかに上回る高い評価を得ることかもしれないと桐谷は言った。

「大きく騒がれた後で、助手に丸投げしたとは言いだしにくい。タイミングを逃せば、永遠に言えなくなるだろう」

成瀬の名で設計された市民ホールは、歴史博物館と対をなして高い評価を得た。全くタイプの違う設計でありながら、二つの建物の間には見事な調和が保たれていたからだ。少ない資料の中に、あの建物が成瀬の「新境地」として注目され、名声と評価を一層高めることになったことが記されていた。

しかし、それだけの評価を得たのに、成瀬の作品集に市民ホールが収められることはなかった。作品リストにさえ名前を記されず、同じタイプの作品は、その後一作も作られていない。

あの建物が誰か別の人の手によるものならば、納得がいく。けれど……。

それならば、いったいどんな人が設計したのだろう。その人は、今どこで何をしているのだろう。

考えに沈んでいると、食事を終えた桐谷が席を立つ。晴の頬に指を伸ばし、「晴」といつものように名前を呼んでかがみこんできた。

ふいに悲しい気持ちを思い出し、桐谷の手を逃れるようにうつむいた。

「晴……?」

拗ねたり怒ったりする権利はない。それは晴にもわかっている。けれど、悲しい気持ちにはどうしても蓋ができないのだった。

問うように向けられた視線に何も答えられず、居心地の悪い椅子から立ち上がった。

「課題があるから……」

嘘ではない理由を口にして、広げた資料をかき集める。そのまま桐谷に背を向けて、二階の自室に逃げこんだ。

【7】

桐谷への気持ちや市民ホールのことで頭がいっぱいになっていた晴は、眉間にしわを寄せて工学部の中庭を歩いていた。もやもやする気分をさらに暗くするように、空には雨雲が垂れこめている。

田沢は今日もバイトで、亜衣はリサたちと一緒に夏の旅行の相談をしに大学生協の窓口に行っていた。めずらしく、晴は一人だった。

「美原くん」

濃厚なバリトンに呼び止められて、晴はぼんやり振り返った。

「あ、成瀬先生……」

「なぜ電話に出ないんだ」

他のことに気を取られ、そのことをすっかり忘れていた晴は、咄嗟に返事が出来なかった。曖昧に瞳を泳がせると、思いの外、強い口調で成瀬が詰問してきた。

「きみは、私をなんだと思っているんだ」

声に含まれる怒気に驚いて、視線を戻す。芝居じみた口調とバリトンを捨て、成瀬は甲高い地声で晴を詰り始めた。

「私をバカにしているのか？　同郷ということであれだけ目をかけてやったのに。ゼミにも優先的に入れるよう考慮すると言ってるんだぞ。私のゼミに入りたい学生がどれだけいるか、きみは知ら知っている。けれど、晴は成瀬のゼミを希望しているわけではない。それは以前、きちんと伝えたはずだった。

けれど成瀬は、何も言わずに黙り続ける晴に、さらに苛立ちを増したようだった。

「とにかく今から研究室に来なさい。きみとは、一度ゆっくり話さなくてはいけないと思っていた。今後のことも含めて、ゆっくりと時間をかけて」

「え……、今からですか？」

晴は、つい聞き返していた。昨日は課題をすると言って部屋に引き上げたのだが、結局あまり進んでいなかった。この空き時間に図書館でやろうと思っていたのだ。

「あの、ぼく、課題が……」

言いかけたところで、成瀬が晴の腕を掴んだ。驚いて顔を上げると「そんなものはいつでもいい」と苛ついた声で言われた。

「いいから黙ってついて来なさい」

捕まれた腕を強く引かれ、晴は驚いて身を引いた。

晴が抵抗すると、成瀬の気配はさらに険しくなった。強引としか言えない強さで晴の背中を抱き抱え、引きずるようにして研究室の扉に近づいてゆく。

「待ってください！　い、嫌ですっ！」

「なにが嫌だ。話をするだけだろうがっ」

「だけど、こんな……」

こんなふうに力ずくでどこかに連れて行かれるのは、誰だって嫌なはずだ。とにかく逃れようともがく。成瀬の力がいっそう強くなった。

晴を抱えたまま乱暴にドアを開け、突き飛ばすように部屋の中に押し込んだ。そのまま自分も中に入り、後ろ手で鍵をかける。

ガチャンと響いた音に驚いて、晴は顔を強張らせた。茶色い瞳を大きく見開いて成瀬の顔を凝視する。少しの間をおいて、成瀬の目に奇妙な光が浮かび始めた。

「そんなに怯えているのを見ると、期待に応えたくなるな」

「期待……？」

意味がわからず眉をひそめると、成瀬の視線がどこか粘ついたものに変わってゆく。

「今すぐどうこうする気はなかったが、こうして見ると、やはりきみは美しい。それに……、そうだ。私にはわかる。きみは男に抱かれたことがあるんじゃないのか？」

「……っ」

晴の顔に走った動揺を、成瀬は見逃さなかった。

「やはりそうか。ならば話が早い」

粘つく視線で晴を捉えたまま、成瀬が近付いてくる。

「細かい説明をするより、身体で教えるほうがよさそうだ」

「な、にを……」

「この世界で生き残る方法を教えてやる。そう言っているんだよ」

息をのみ、身体を固くした晴を、成瀬はいきなり突き飛ばした。よろけた身体が背後の机にぶつかる。成瀬は晴をその机の上に押し倒した。積み上げられた本やファイルがバサバサと音を立てて床に落ちる。

「これだけの容姿だ。今まで何もなかったはずがない。以前から目をつけていたが、このところ一段と色香が増したと思っていたら、どうやら男の味を覚えたらしいな」

黒すぎる前髪をかきあげて成瀬は嫌な笑い方をした。

「抱かれるのが好きなんだろう。だったら悪い条件ではないはずだ。ゼミにも優先的に入れてやる。仲よしのお友だちも一緒にな」

恐怖と混乱のあまり、身動きもできないまま晴は目の前の男を凝視し続けた。

「もっとも、そのあたりはきみの出方次第だが」

卑俗な笑みが浅黒い顔に浮かぶ。

「卒業後はそのまま助手に迎えてやろう。きみは、ここ数年でも一番美しい学生の一人だ。学力も申し分ない。私のものになるなら、いずれは講師に推薦してやる。努力次第で教授か准教授にもなれる。どうだ。登るための梯子が欲しくないか?」

瞬き一つできないまま、晴は机の角をぎゅっと掴んで成瀬を凝視し続けた。

こんなによく成瀬の顔を見たのは初めてかもしれない。写真で見ると艶やかそうに写っている黒髪は、実際には整髪料でベタついていて、堀の深い濃い顔にピタッと張り付いている。

顔の下の首は太く、身体もガッシリしている。力も強かった。腕力で争っても勝てる相手ではない。恐怖が胃にせり上がってくる。

その時、研究室のドアがノックされた。ガチャガチャとノブが音を立てる。晴は期待を込めてドアを見た。けれど、鍵がかかっているのがわかると、せっかく来てくれた人物たちは、――何か早口で話しながらドアの前から離れていった。

晴は落胆したが、成瀬の注意も一瞬逸れた。そのことに気づいて、机の上から転がり落ちるようにして降りた。そのまま成瀬から離れ、迷路のように入り組んだ棚の間を部屋の奥に向かって逃げる。

成瀬は晴を追いかけなかった。呆れたように笑い、ゆっくりと後をついてくるだけだ。

もしかすると、さっきまでの態度は冗談で、それほどひどいことをする気はないのかもしれない。恐怖と不安を打ち消すように、無理やり自分に言い聞かせる。

けれど、次の角を曲がったところで迷路は行き止まりになった。目の前に壁が現れ、逃げ道は右手にあるドアだけになる。

「よくできたね。その向こうが私の私室だ。誰も勝手に入ることはできない」

チャリ……と音を立てて、成瀬が鍵の束を見せる。電子錠がピッと音を立て、ドアの鍵がガチャリと開いた。

「入りなさい」

晴の顔から血の気が引いてゆく。唇が小さく震える。

成瀬の手が伸びてきて、晴はそれを払いのけた。勢いよく腕を振り回したせいで、爪の先が成瀬の顔に当たる。硬い皮膚にかすかな痕をつけた。

「……っ！」

成瀬が一歩下がった。その隙に脇を通り抜けようとしたが、すかさず腕を掴まれる。その腕も振り払おうと暴れると、突然目の前に火花が散った。

パン！ と鋭い破裂音が響き、直後に焼けつくような痛みが頬に走る。

驚いて見開いた目の先で、成瀬の右手が上がっていた。震える左手を頬に当てると、そこは火のように熱かった。

打《ぶ》たれたのだ、と理解するのと同時に何かがこみあげてきて、目から溢れたそれがパタパタと音を立てて床に落ちる。こんなことで泣くまいと思うのに、衝撃が大きすぎて、大粒の涙が止まらなくなった。

「……ぅ、うう……っ」

唸るような声を絞って、晴はボロボロと零れ落ちる自分の涙が点々と床を濡らすのを見ていた。

「聞き分けがないからだ」

吐き捨てるように怒鳴った成瀬が、力をなくした晴の身体を部屋の奥に引き込む。

「やだっ」

抵抗すると、また成瀬の右手が上がる。ビクッと竦んで身体が固まった。覚えさせられたばかりの屈辱と恐怖が、晴から戦う気力を奪おうとしていた。

乱暴にソファに突き飛ばされ、バランスを崩したまま座面に顔を伏せた。背後で鍵のかかる音がする。慌てて振り向くと、脂で光る顔に下劣な笑みを浮かべた成瀬がゆっくりと近付いてくるところだった。

粘った視線が晴の腰のあたりを舐める。恐怖が頂点に達する。

「や、やだ……。嫌だ……」

(誰か助けて……、先生……っ！)

けれど、晴がこの場所に連れて来られたことは、誰も知らない。大学内では滅多に会うことのない桐谷は勿論、いつも一緒にいる田沢や亜衣も、今は離れた場所にいる。晴が危機に瀕していると は夢にも思っていないだろう。

誰かが助けに来る可能性は万に一つもなかった。

また打たれるのは怖かったが、それ以上に、桐谷以外の男に触られることへの嫌悪感が大きくなってゆく。

(やだ……。絶対に、嫌だ……っ)

桐谷がしたようなことを成瀬にされるくらいなら、この場で舌を噛み切って死んだほうがマシだとさえ思った。死ぬつもりはないから、指一本触れさせるものかと、気力を振り絞る。

近くにあったリモコンを成瀬に投げつけた。目の前の獣を、もう教授だとは思わなかった。

「くっ、来るな……っ！」

成瀬の私室はかなり散らかっていた。手近なところに雑誌や文房具や小型電子機器などが乱雑に転がっている。晴はそれらを手当たり次第に成瀬に向かって投げつけた。

「来るなっ！　あっちに行けっ」

「やめろっ！　こらっ、やめるんだっ！」

飛来物を避けるのがやっとなのか、成瀬はなかなか晴に近づけなかった。腕を振り回す成瀬の周囲で、電波時計や電話の子機が壁やドアにぶつかって大きな音を立てて壊れた。リモコンの蓋が壊れて電池がバラバラ飛び散る。

手の届く範囲に物がなくなると、晴は成瀬の作品集や記念品が詰まった棚に駆け寄り、大切そうに仕舞われた本や置物を手に取った。それらはかなりの量があった。次々引き抜いて投げ始める。毛を逆立てた猫のように荒い息を吐き、手当たり次第にありとあらゆるものを投げ続けた。トリエンナーレの盾が飾られたケースを掴むと、成瀬が叫んだ。

「やめろ――っ！」

そのまま持ち上げて投げ飛ばす。ガシャンと音を立てて硝子が飛び散る。成瀬が悲鳴を上げた。

割れたケースに駆け寄る成瀬に、晴は机の上にあった硝子の灰皿を投げつけた。どっしりと重い灰皿に直撃された成瀬が「ぎゃっ」と叫び声を上げる。

「晴……っ！」

そのとき突然、私室のドアが勢いよく開いた。

「…………！」

腰をかばいながら成瀬が振り返る。開いたドアの向こうには、三人の人影が見えた。先頭に立つ男性は大学の警備員の制服を着ている。あとの二人は……。

「先生……っ！」

ゴトン……と、手にしていた二つ目の灰皿を落とし、晴は桐谷に手を伸ばした。瓦礫の山となった室内を踏み分け、桐谷が晴に近づく。伸ばした手を取って、晴を抱きしめた。

「先生……」

「晴、大丈夫か？」

桐谷にしがみついたまま晴はわあわあ泣きだした。まわりに人がいることなど気にしている余裕はなかった。

「……った……っ」

「うん？」

「……こわ、か……た……」

うえっとえずいて、また泣き出した晴の背中を桐谷が優しくぽんぽんと叩く。それから心配そうに顔を覗き込み、直後に、ピキッと音がしそうな勢いで表情をこわばらせた。

「叩かれたのか？」

赤く腫れている頬を、痛ましげに撫でる。形のいい蟀谷《こめかみ》に血管が浮き出た。

「……許せないな」

地を這うような呟きに、あたりが一瞬、しんと静まり返った。桐谷が視線を向けると、成瀬は「ひ……っ」と悲鳴を上げて姿勢を低くした。頭を抱えてガタガタ震えている。

情けない姿だ。いつもの威厳は薄っぺらい紙のように剥がれて消えて、どこにもなかった。

ようやく気持ちが落ち着き始め、まわりに視線を向ける余裕ができた。床一面に散らばる硝子の破片や記念品の残骸の向こうで、警備員と一緒にいるもう一人の男の人の姿に、晴は気づいた。

「川本先生……?」

川本は、どこか悲しそうな目で成瀬を見下ろしている。

(どうして川本先生が……)

不思議に思うが、桐谷にきつく抱きしめられると、何かを考えるのが億劫になった。

ひどく疲れていた。大切なものに触れるように髪や頬を何度も撫でられると、その心地よさに身を任せてしまいたくなる。実際、晴は桐谷の腕に身を預けたまま、他の三人のやり取りをぼんやり見ていた。

ケースの角や硝子の破片で怪我をした成瀬に、田中と名乗った警備員が何か聞いている。川本が間に入り、抵抗や逃亡の恐れがないことを確認すると、田中は手にしていた拘束用の紐を腰の道具入れに戻した。

川本が何か言い、田中が頷く。「警察」という単語が聞こえて、二人が晴を見た。

「状況を整理してから、改めて連絡します」

川本が言い、田中が「わかりました」と頷いた。

「鍵は後で戻していただけると助かります」

川本が頷く。壁際にうずくまる成瀬をチラリと見てから、田中は部屋を出ていった。

ノートパソコンや時計、たくさんの雑誌類、ハサミや電卓、硝子が割れたケース、盾、トロフィー、陶器の置物など、さまざまなものが壊れた状態で散乱している。ざっと室内を見回した桐谷が、ため息まじりに呟いた。

「頑張ったんだな……」

成瀬の脇に落ちている重い灰皿を見て、わずかに笑う。成瀬はどこか放心したように、トリエンナーレの盾を抱えて壁に身体を預けていた。

横に立っていた川本が晴と桐谷に頭を下げた。

「桐谷先生、後のことはまた相談に伺います。本当にすみませんでした」

なぜ川本が謝るのか不思議に思ったが、頭がぼんやりとしていてあまりものが考えられない。

「いや。こちらこそ、助かった。田中さんにも、改めて礼を言いたい」

二人のやり取りを黙って聞いていた。桐谷に促され、研究室を後にする。そのまま教職員用の駐車場に連れていかれ、メルセデスの助手席に乗せられた。

「今日は、もう帰ろう」

講義がまだ残っていたが、田沢も亜衣も履修している科目だと知ると、後でノートを借りるようにと言って、桐谷は車を出した。

十分ほどで桐谷の自宅に着いた。

「気が狂いそうだった。あんまり脅かさないでくれ……」

「ご、ごめ……ん、ふ……」

シートベルトを着けたまま抱き寄せられ、唇を塞がれた。優しいのか激しいのかわからないキスだった。触れるだけのものとも違うが、奥まで犯すような激しいものでもない。

晴の存在を確かめ、どこにも行かせないと伝えるような、どこか切ない匂いのする口づけだった。

何度も啄ばむように唇を吸われ、舌の先をやわらかく噛まれて、晴は自分から桐谷の首に腕をまわした。

ずっとこうしていてほしい。何も考えることなく、ただそう願った。

「晴……」

桐谷とのキスや抱擁はどうしてこんなに気持ちいいのだろう。

「晴……」

桐谷の声で名前を呼ばれるだけで、泣きそうなくらい嬉しくなる。嫌なことや苦しいことも全部忘れて心が満たされるような気がした。

さらさらと庭の葉を打つ雨の音で目を覚ました。湿った空気とともに忍び込んできた百合の香が、部屋を甘く満たしている。

「起きたか」

穏やかな声に瞼を上げる。一、二度瞬きをしてから、ふいに晴は桐谷の膝に頭を載せていることに気付いた。みじろいで、起き上がろうとする。

「そのままでいい」

桐谷が囁く。室内はすでに夕闇に沈んでいた。

長い指が寝汗に湿った前髪を優しく梳いて、額の上のタオルを取り去る。晴はようやく、桐谷に支えられてゆっくりと身体を起こした。

ぼんやりとしたままソファに座り直すと、桐谷は軽いキスを晴の瞼に落としてから一度立ち上がる。窓を閉め、部屋の灯りを点けて、キッチンの冷蔵庫からペットボトルのミネラルウォーターを取って戻ってきた。

何も言わずにそれを手渡し、晴の隣に腰を下ろすと、軽く抱きしめるように腕を回してきた。何度も繰り返し、晴の髪を撫でる。

――無事でよかった……。

実際に声に出したのかどうかもわからないほどのかすかな囁きが、空気を震わせて消える。

メルセデスの助手席でキスを交わしたことは覚えている。それから先のことは曖昧で、自分で歩いたのかどうかもわからないまま、どうにか居間のソファにたどり着き、眠りに落ちてしまったようだ。

とにかくひどく疲れていた。

痛みの残る頬を桐谷の手がそっと包む。愛しげに大切に扱われて、晴の心に安堵が満ちた。唇が震え、少し泣きそうになる。それでも、そのすぐ後にはかすかな笑みが頬に浮かんでいた。

「晴、大丈夫か？」

「うん」

いたわるように見つめてくる桐谷にこくりと頷く。

「先生……、来てくれてありがとう」

感謝の言葉が自然と零れ落ちた。けれど、晴が成瀬に監禁されたことが、なぜわかったのだろう。

晴の疑問に答えるように桐谷が静かに話し始める。

成瀬からの連絡の多さに異常なものを感じた桐谷は、以前から別のことで相談を受けていた川本に状況を伝え、協力を仰いでいたという。成瀬と距離の近い川本に、それとなく注意を払ってくれるよう頼んでいたのだ。成瀬に危険な一面があることを知っていた川本は、念のため警備員室の職員にも軽く話を通していた。詳細は伏せたまま、成瀬の研究室の周辺で不審なことがあった際にはすぐに知らせて欲しいと声をかけてあったのだ。

晴が研究室に連れていかれるのを目撃したのは川本自身だった。川本はすぐに桐谷に連絡を入れ、駆け付けた桐谷と二人で研究室に向かった。だが部屋には鍵が掛かっていた。急いで引き返し、警備の田中の協力で鍵を手に入れ、再び成瀬の研究室に向かったということだった。

「私室の鍵を探すのに手間取ってしまった。滅多に使わないものだから、通常の保管場所には置いていなかったんだ。助けに行くのが遅くなってすまない」

晴は首を振った。

そんなふうに気にかけて準備をしておいてくれて、実際に助けに来てくれた。それだけで十分すぎる。

「晴……、怖かったな」

気遣うように桐谷が囁く。

「……怖かった。それに……、気持ち悪かった」

「そうか……」

あんなに抵抗したのだからな、と桐谷は頷く。そして、「……俺の時は、違ったな」と小さく呟いた。

(俺の時……)

晴の心臓がトクンと音を立てる。

桐谷と初めて会った日、晴はわけもわからないまま桐谷に身体を開かれた。驚き、自分の反応が怖くもなったけれど、なぜか少しも嫌悪感を抱くことができなかった。

桐谷の視線が晴の瞳に注がれる。黒い瞳の奥に優しい光が瞬いている。

「不思議だな……」

「うん」

「あの時……、俺も、晴ならいいと思った」

「先生も?」

桐谷はかすかな笑みを浮かべて頷いた。何が晴ならいいと思ったのかよくわからなかった。けれど、確かに晴も、桐谷ならいいと思ってしまった。

初めて会ったのに、強く惹かれた。

容姿や立ち居振る舞いのせいもあったかもしれない。けれど、それとは別の、何か説明のつかない強い力で桐谷に惹きつけられた。

同じ屋根の下で一緒に暮らすうちに、その力はどんどん大きなものになり、晴は桐谷から離れられなくなった。

晴はただのハウスキーパーに過ぎない。その上、男だ。そんな晴が、桐谷に恋をしても仕方がない。そんなこと、百も承知だ。なのに、好きにならずにいられなかった。

遊びでもいい、もう一度触れて欲しいとさえ願ってしまう。それでどうなるものでもないと知っているのに、他の誰かで熱を散らすくらいなら、いっそ全部晴に注いで欲しいと願ってしまうのだ。

「晴を、抱きたい」

ふいに告げられた言葉に心臓が止まる。

「晴が、あの男に連れて行かれたと聞いて、どうにかなりそうだった。他の男に晴が何かされると考えただけで、その男を殺したいと思ってしまった」

「先生……?」

「晴が、誰のものでもないと確かめたい。俺に、晴を与えてくれ」

欲しい、と焦燥にも似た懇願を向けられて、晴は言葉が出なかった。けれど、願うことは晴も同じだった。

桐谷のものになりたかった。

たとえ、桐谷が晴のものにならなくても構わない。晴だけが思いを寄せているのだとしても、ほんの短い間だけ、身体だけを望まれるのだとしても、構わなかった。

何もいらない。ただ、好きな男に抱かれて、身も心も透き通るまで溶けてしまいたいと願った。

長い指に頬を包まれ、黒い瞳に覗き込まれる。晴は、うつむくように、かすかに頷いた。


先にシャワーを浴びたいと言うと、晴の部屋ではなく桐谷の寝室のバスルームに連れていかれた。

一度身体を重ねた大きなベッドを目の前にして、今からここで、またあんなふうに抱かれるのだと思うと、身体の芯がチリチリと燃えるように熱を持った。

裸になった自分の中心がすでに軽く頭をもたげているのを知って、息をのむ。

目を逸らしても、その場所はすでに硬く芯を持っていて、どうすることもできないまま、熱い息を吐いて身体を清めた。

サイズの大きいバスローブだけをまとって室内に戻ると、すでに別の部屋のシャワーを使った桐谷が一糸まとわぬ姿でベッドの脇に立っていた。

長く形の美しい腕が伸びてきて晴を抱き寄せる。唇を塞がれ、すばやくローブの紐が解かれ、柔らかなパイル地のそれがパサリと床に落ちた。

「ん……」

肌が直に触れ合う。きつく抱きしめられて、互いの欲望が触れ合った。

「あ……」

「晴……、晴も、こんなに感じているのか」

歓びを隠せない声で桐谷が囁き、いっそう強くその場所を擦り合わせる。クチュクチュと蜜をまとって絡み合う音、みだらな悦楽に理性が乱され、身体から力が抜けてゆく。

桐谷の腕に支えられるようにして、ベッドに倒れ込んだ。

「晴……、怖くないか」

「だいじょ、ぶ……」

潤む瞳で見上げれば、軽くやわらかなキスが顔中に落ちる。舌の先で開かれた唇に桐谷が忍び込んできた。

硬く熱を持って暴れるものが押し付けられる。まるで今すぐにでも晴の中に入りたいと訴えているようだった。

それでも、桐谷はゆっくりと晴の全身を愛撫した。晴が感じて身体の奥から溶けてしまうまで、その猛りで貫くことはなかった。

晴の舌を優しく絡め取り、手のひらを身体中に滑らせて甘い啼き声を引き出す。

「あ、あ……」

薄紅色の二つの飾りは、一度教えられた官能のままに小さく尖り、触れられるたびに晴の内側を甘い蜜で満たしていった。敏感に反応して身体が跳ねると、桐谷はさらに嬉しそうに摘まんだり転がしたりしながらキスの雨を降らせた。

「ん、ん……」

何度目かもわからない口づけに唾液を溢れさせ、桐谷の首筋に腕を回した。もっとして、もっと欲しい、と訴えるように晴から舌を絡ませる。大きな手のひらが白い双丘に這わされ、割り開くように強く掴んだ。

「あ……っ」

「晴、ここに俺を受け入れられるか」

この期に及んで気遣うように確認する男に、晴は長い睫毛を伏せた。

（先生が、欲しい……）

「……して」

「……っ！」

痛みでも堪えるような表情で息をのんだ桐谷が、晴の顔から視線を逸らさないまま、枕元のボトルに手を伸ばす。足を大きく開かれ、羞恥に頬を染めた晴の固い蕾に、とろりと粘る液体が垂らされた。

「あ……」

「力を抜いて」

すぐに差し込まれた指先が、一度開かれただけの固い蕾をゆっくりと押し広げてゆく。

「ん……、あ……」

異物感に竦む晴を、桐谷は何度もいたわるように抱きしめた。身体中にキスを落とし、萎えかけた中心を優しく包んで宥める。

「あ、ああ……、ん……」

たまらない愉悦を生む場所を擦られると、跳ねるように腰が揺れた。指の本数を増やされ、やがて喘ぎ声と荒い呼吸だけが、淡い光で照らされた室内を濃く満たしていった。

熱塊が押し当てられる。

改めてその大きさと質量を知り、圧倒的な存在感に身体が慄いた。息を吐いて力を抜き、開かれる衝撃に備える。

「あっ、あ……っ！」

痛みに涙が零れ落ちた。

「晴、大丈夫か。晴……」

「う……」

開いた膝の間で、腰を進めることなく桐谷が静止する。

「……やめるか？」

「え……」

この状態で何を言うのだろう。あんなに激しいセックスをする男が、こんな中途半端な挿入だけで引き返せるとは思えなかった。

現に半分のみ込んだ場所からは、辛そうに疼く男の脈動が伝わる。

晴は小さくかぶりを振った。

「……やめないで」

「いいんだな、晴……。この先は、もう戻れないぞ」

頷くと、桐谷は一度目を閉じて、苦しそうに息を吐いた。秀でた額から汗が滴り落ちる。直後、桐谷は晴の足を高く上げさせ、荒い息を吐きながら腰を使い始めた。

「あ、ああっ、あぁ……ん」

規則的なリズムを刻んで桐谷の腰が前後する。開き切らない狭い裡筒を太く硬い楔が鋭く抉る。

「あ……っ、あっ、あぁ……っ」

律動に合わせて短い嬌声を上げながら、痛みの中に混じる甘い疼きに身もだえた。

「ああ、ん……、あ、あ……」

「晴……、いいのか」

突かれるたびに艶を帯びてゆく甘い声に、桐谷の動きが激しくなる。

「ああっ！　あっ！　あ、いや……っ！」

叫ぶような嬌声とともに涙を零すと、今度は急にゆっくりと穏やかな動きになる。

「あ、せん……、せ……」

もっと動いて。強くして。

ドキドキと激しく鳴り続ける心臓の音を聞きながら、晴は全身で訴えた。

もっと、桐谷を感じさせて欲しい。痛みも苦しみも与えてほしい。何も考えられなくなるくらい、晴を激しく貫いて……。

（あ、欲しい……）

後孔を穿たれたまま震えて勃ち上がる晴の屹立を、桐谷の指が愛しげに撫でる。

「ああ……、ん」

背中を反らせて喘ぎ、腰を揺らす。桐谷の活塞が再び強いものに変わる。

「ああ、ああ……、あん、あ……、あ……っ」

「ああ、晴……、晴……」

きつく身体を抱きしめられ、強く舌を吸われて、腰を動かしながら桐谷に縋った。複雑な動きに晴の内側が攪拌される。何度も奥深くまで犯され、宙を仰いだ晴の屹立が前後左右に揺れた。

「ああ、あぁぁ……、あ、は……」

揺れながら精を吐き出す。白い飛沫があたりに飛び散った。

「晴……っ」

吐精する晴の収縮に誘われ、桐谷の身体が震えた。何度か激しく突いた後、くぐもった呻きに重ねて温かいものを晴に注いだ。

「あ、は……」

荒い呼吸のまま隙間なく身体を重ねて抱き合うと、桐谷は何度も晴の頬やこめかみにキスを落とした。

「大丈夫か?」

何度目かの問いにゆっくり頷くと、嬉しそうな笑みが返される。抜かないまま硬度を取り戻した桐谷に、感じやすい場所を軽く擦られた。

「あ、いや……」

「晴、もう一度……。いいか」

「あ、ああ……」

答える間もなく強く突き上げられ、喘ぎながら腰を揺らす。桐谷は優しく晴を翻弄し続けた。

「ああ、いや……、そこ……」

「知ってる。ここは晴の好きな場所だ」

二度、三度、四度と求められるまま、晴は桐谷を受け入れ続けた。

外で熱を散らされるくらいなら、いっそ全て注いでほしい。身を任せながらそんなことを願う。

そして、それでも……と、切なく自分を戒めた。

それでも、桐谷を晴のものにすることはできないだろう。たとえ晴の全部が桐谷のものになっても……。

桐谷は晴のものにはならない。

桐谷は大人の男なのだから、晴一人では満足できないのだ。

決して欲深くなってはいけない。この男の全部を欲しいなどと望んではいけない。そう思うそばから、悲しくなった。

ぽろりと涙が零れる。何度目かの楔で晴を貫いていた男が、どこか不安そうに晴を抱きしめた。

「晴、もう辛いか?」

首を振り、腕を伸ばす。額にキスが落とされる。

「無理はしないでくれ。……加減が出来なくて、すまない」

ずるりと去ってゆく太い幹に、確かだった存在の喪失を覚えて切なくなる。この人を自分のものにできるなら、いっそずっとつながっていたいのにと、埒もない望みを抱いて瞼を閉じた。

その日を境に、晴は自分の部屋ではなく桐谷の寝室で眠るようになった。最初の数日間は腰の痛みと足の間に何か挟まったような異物感に悩まされ、泣きそうになりながらも耐えて生活した。

加減がわからないと言った男は、まるでそれを言い訳にするかのように、飢えた獣のように晴を貪り尽くした。毎晩、声が嗄れるまで啼かされ、一度や二度では終わらない交わりを受け入れ続けた。そして、これほどの力を滾らせている男が今まで何もなく過ごせたはずはないのだと、晴の中で日に日に確信が強まっていった。

その確信は晴を悲しくさせた。同時に、どこか必死に桐谷の求めに応えさせた。

夜を重ねる度に知る官能の奥深さに慄きながら、どんな行為を求められても、晴は拒まなかった。晴が慣れるに従い、桐谷の要求は度を増してゆく。そのこともまた、男の経験値の高さを物語るようで、晴の胸を小さく傷つけた。

タカギの店に出入りする少年たちは、晴のように恥ずかしがって泣いたりしない。技術もあり、覚悟を決めて、プロとして桐谷を楽しませているはずだ。

彼らのところへ行ってほしくなければ、晴も恥ずかしがってなどいられない。

涙を滲ませながら懸命に応える晴に、息を乱し激しく楔で突き上げながら、あるいは味わうように腰を揺らしながら、桐谷は何度も繰り返し賛辞の言葉を囁いた。

「晴、すごくいい……。最高だ……」

何もわからなくなりながら、その言葉にすがるように、晴もまた爛れた夜に溺れ続けた。

「成瀬先生は今期いっぱいで退職することになった」

まだ呼吸の荒い晴を裸の胸に抱いて、桐谷が口を開いた。

「週明けには、大学側からの告知が出るだろう」

「ん……」

「本当に訴えなくていいのか」

「……もう、関わり合いたくないから」

美しい筋肉に包まれた胸に頬を寄せ、晴はどこか無関心に答えた。成瀬のことはもうどうでもよかった。この先顔を合わせずに済むのなら、それでいい。

そうか、とため息のように呟いて、桐谷は晴の額に口づけた。

桐谷と川本、そして警備の田中の三人は、晴の意向を聞いた上で大学側とも協議を重ね、研究室で起きた事件は表沙汰にしない方向で話を収めた。成瀬が大学を去ることを条件に、警察への届けも出さないことになった。

「俺は、それくらいでは処分が甘いと思った。だが、結局は、バチが当たったたな」

成瀬は退職願を出し、学年末を待って穏便に大学を去る予定だった。しかし、その前に別の事件が発覚したため、急遽、今学期を以って退職することになった。

ゼミに入りたい学生の親に個人的な寄付を持ち掛け、その見返りにゼミへの採用を決めていたことが、別の保護者の告発によって明らかになったのだ。事態を重く見た大学側は懲戒処分に近い形で成瀬の早期退職を求めた。

桐谷からその話を聞いた時、いつか学生同士の噂話で耳にしたことは本当だったのだと、どこか冷めた気分で晴は思った。

晴の首筋を唇で辿りながら、桐谷は「自業自得だ」と彼にしては珍しく、悪意を感じさせる言葉を口にする。鎖骨から胸元へと唇が移動し、やがて薄紅色の官能の芽に辿り着くと、この日もまだ終わりではないのだと教えるように甘くそこを噛んだ。

「あ……っ」

「晴、もう一度……」

成瀬との一件があった日から一週間、二十歳の晴でさえ音を上げそうなのに、この男はいったいどれだけ体力があるのだろうと慄くように考える。

いつ鍛えているのか、彫像のような身体はどこもかしこも過不足のない筋肉に覆われている。日本人離れした長身と長い手足は、理想的な骨格に支えられて力強く美しい。

まだ少年の身体から抜けきれていないような晴とは、何もかもが違っていた。

（綺麗な、身体……）

この身体で、どれだけの人に晴と同じことを……。

埒もないことを考え始めて、心の扉を固く閉じる。

多くを望まないこと、この男を自分のものにしようなどと思わないこと、そう決めて今の関係を受け入れたのだ。身体だけでもいい。恋しい男とつながりたいと願って……。

他のものを望んで、それが叶わずに傷ついても、それは全部晴のせいだ。

そう思うのに、抱かれれば抱かれるほど悲しくなった。桐谷の心も欲しいと、欲深い晴の心がわがままを言うのだ。　全部が欲しいと、わがままを言う。

【8】

週明けの月曜日、キャンパスに着くと、工学部の掲示板に人だかりができていた。

近づいて見ると、成瀬の退職を知らせる掲示が出ていた。詳細は伏せてある。大学側も不祥事を表沙汰にはしたくないのだろう。

学生用のサイトにも同じ内容がアップされているのがわかると、人の姿は徐々にまばらになっていった。

「晴、成瀬先生のアレ、見た？」

「うん」

階段教室の定位置に座っていると、隣の席に滑り込んできた亜衣が話しかけてきた。すぐに田沢も来て、ため息混じりに言葉を落とす。

「急だよな……」

「うん。ゼミ、どうしようか」

「それなんだよな……」

夏休み明けにゼミの希望調査がある。成瀬のゼミを第一志望にしていた二人は、かなり困惑しているようだった。あれこれと話し合う中で、ふと亜衣が声をひそめた。

「まだ、噂なんだけどね……」

情報の早い友人から今朝聞いたことだと断って続ける。

「後釜に、かなりの大物が来るかもしれないんだって」

「成瀬先生以上の大物ってことか?」

「うん……。でも、よく考えたらガセネタかもね。今日掲示板に出たばっかりなのに、そんな大物がそう簡単に捕まえられるわけないし」

「そりゃそうだ」

それよりゼミだよ、と言いながら、二人はまた頭を抱えた。

田沢は、まだ成瀬ゼミへの望みが薄かった頃に検討していた第二希望のゼミでいいかなと言い、亜衣は念のため、本当に大物が来るのかはっきりしてから決めると言った。

「あたしの第六感が、何か匂うって言ってる。イケメンの匂い」

真顔でそんなことを言い、田沢に「またか」と呆れられていた。

「ところで、晴。少し疲れてる?」

「え、どうして?」

「さっきからため息ばかり吐いてるよ」

「俺も気になってた」

二人に気遣われて、慌てて首を振る。

「大丈夫だよ?」

「それならいいけど……」

軽く眉を寄せながら、亜衣と田沢は口々に「あまり無理をするな」と言った。

「桐谷先生はいい先生だと思うけど、住み込みで働くのって、やっぱり気を遣うでしょ?」

「家事は、思ったより重労働だしな」

晴は「本当に大丈夫だよ」と繰り返し、無理に笑顔を作った。

いつもそばにいて晴を助けてくれる二人にも、桐谷への恋心を話すことはできない。すでに身体だけは関係を持ってしまって、その結果、桐谷への想いがどんどん強くなって苦しいのだなどと、とても言えるわけがない。

けれど、日に日に大きくなる恋心は、すでに晴の中をいっぱいにしていて、今にも溢れだしそうだった。抱えきれないほど大きくなった想いをどうすればいいのだろう。途方に暮れながら、少しでいいから誰かに言ってしまいたいと思う。

（でも、絶対ダメだ……）

たとえ相手が亜衣や田沢でも。

自分の大学の准教授で、住み込みのハウスキーパーをしている家の主で、十四歳も年上で、その上同性の桐谷と、あんな関係にあることが世間に知れたら、責められるのは桐谷のほうだ。晴が桐谷に恋をしていて、晴が望んで桐谷に応えたかっただけだとしても、そんな言い分には誰も耳を貸さないだろう。

だから、口が裂けても、桐谷との間に起きていることは人に言ってはならない。

（先生に迷惑がかかる）

いつかの噂話が脳裏をよぎった。

――ハウスキーパーにセクハラをしていた大学教授……。

またため息が零れそうになって、それすらも必死でのみ込んだ。

誰かを好きになることが、こんなに苦しいものだとは思わなかった。苦しくて辛くて、いっそこの想いを捨ててしまえたらいいのにと思う。同時に、決して捨てることなどできないこともわかっていた。

昼休み、研究室棟脇の警備員室を訪ねた。ちょうど田中が詰めていて、少し遅くなったが礼を伝えることができた。

「怖い思いをしたね」

田中は一度眉根を寄せてから「でも、桐谷先生のお宅でお世話になっているなら安心だ」と続けて、強面の顔の表情を和らげた。

「先生は、きみのことをとても気にかけているようだったし……。幸い怪我はせずに済んだんだ。嫌なことはなるべく早く忘れて、勉強を頑張るんだよ」

「はい。ありがとうございます」

深く頭を下げながら、もしも父がいたらこんな感じだっただろうかと考えた。

書類などの細かいことは後で処理すればいい。そう言って、田中は成瀬の私室の鍵を手に、すばやく同行してくれたそうだ。あの場に駆け付けることができたのは、田中の的確な判断があったからだと桐谷が教えてくれた。

「本当に、ありがとうございました」

どれだけ感謝しても足りない思いで言葉を繰り返す。「もういいから」と田中は苦笑する。

「あのいつも穏やかな川本先生があそこまで血相を変えているのを見て、これはただ事じゃないと思ったのさ」

軽く頷いて息を吐く。

「こういうところで警備という仕事をしているとね、事件そのものは多くないんだが、何か起きた時には難しい問題になることが多いんだ。そして、そんなことがあると、大抵の場合、立場の弱い者が傷つく」

それを見てきたからこそ、今度のようなことが未然に防げて、自分もほっとしているのだと言って目尻の皺を深くした。

「きみが傷つくようなことにならなくて、本当によかった」

その言葉にもう一度深く頭を下げて、晴は警備員室を後にした。

次に向かったのは川本の研究室だ。真新しい建物の中にあり、前を通りかかることはあったが、室内まで訪ねるのは初めてだった。

ドアを開いた瞬間、なぜかとても懐かしい気分になった。

きちんと整頓された空間は、これといって目立つようなものは何もない。統一感のある色彩と適切なものの配置が美しく、さりげない気配りが細部にまで宿っているように感じる。

どことなく川本らしさを感じる部屋だなと思った。何人かの学生が、パソコンを前にして図面の制作に励んでいた。

「あれ、美原くんか」

学生に交じって机の前に座っていた川本が振り向く。隣の学生に二言三言何か言うと、席を立って晴に近づいてきた。

「先日は、本当にありがとうございました」

改めて礼を言うと、田中と同様、「とにかく無事でよかった」と真摯な顔で頷いた。

「もし時間があれば、少し話をしないかい？」

三限は空き時間だと告げると、川本は「僕もだ」と微笑んだ。

「じゃあ、食事でもしながら話そう。馴染みの洋食屋があるんだ。価格が良心的で味もいいんだよ」

「大学の外に行くんですか?」

「ちょっと、遠いんだけどね。おすすめだから、是非」

戸惑いながらも頷く。

店は、ちょっとと言うよりだいぶ遠かった。住宅街を十五分ほど歩いて、ようやくたどり着いた。

「もしかして、思ったより遠かったかな?」

ごめんね、と謝られて、晴は首を振った。

「あんまり人のいないところで話したかったんだ。味のほうは保証するから安心して」

「はい」

カウンターとテーブル席を合わせて三十席ほどの、それほど広くない店だった。半分ほど埋まった店内をざっと見まわしてから、川本は他の席から離れた奥のテーブル席に向かった。

注文を聞かれると、いきなり「オムライスを二つ」と告げ、店員が去った後で、「オムライスでよかった?」と聞く。晴はちょっと可笑しくなりながら「はい」と頷いた。

「本当におすすめだから」

軽く頭を掻きながら言い訳のように言う。控えめなのか強引なのかよくわからない。

それから、川本はしばらく考え込むように黙っていた。ようやく口を開いても「……せっかく誘ってはみたけど、何から話せばいいのか迷うね」などと言ってさかんに首を捻っている。

晴がもう一度礼を言うと、「それは、もういいんだ」と軽く手を振る。

「それに……、謝らなければいけないのは、僕の方かもしれない」

晴は不思議に思ったが、すぐに、成瀬の研究室での川本の様子を思い出した。あの時も、川本は成瀬の側に立ち、桐谷に頭を下げていた。川本は成瀬の助手だったと亜衣からも聞いている。

川本がじっと黙り込んだままなので、晴はなんとなく水のグラスを手に取った。歩いたので喉がかわいていた。しばらくして「ふう……」と息を吐いた川本は、一度「うん」と頷いた。

それからいきなりこう切り出した。

「学生時代から、僕は成瀬先生と身体の関係があった」

「ぶ……っ」

晴は水を噴いた。そして、むせた。

「あ。驚かせてごめん」

ゲホゲホと咳き込む晴を気遣いつつ、川本は気まずそうに口元を覆った。

「でも、このことを黙ったままだと、いろいろ説明するのが難しいと思うんだ。だから、言うなら最初に言ってしまったほうがいいと思って……」

晴はハンカチで口を押さえて頷いた。川本が静かに話し始める。

「きっかけは、きみと同じ……、ではないな。うん。全く違う」

一度、首を振って言い直す。

「似ているのは状況だけだ。所属ゼミを決める頃、僕は成瀬先生に呼び出された。誰もいない研究室に……。そして、そこでレイプされた。きみと違うのは、僕がろくな抵抗もしないで、あの人を受け入れたことだ」

「それは……」

抵抗などなんの役にも立たないことを晴は知っている。川本に非はないと言いたかったが、晴は口をぎゅっと結んだ。今話しているのは川本なのだ。

「言い訳になるけど、受け入れるしかないと思ったんだ……。僕の立場であの人に逆らうのは難しかったからね。ゼミに入りたかったのは事実だし、抵抗したところで敵うはずがないとも思った。成瀬先生は今よりもっと力があったし、僕はひ弱な学生だったし……」

それに、と川本は弱く笑う。

「僕は成瀬先生を尊敬していたし、先生の才能に心酔していた。先生の講義は全て受講していて、食事に誘われるようにもなって浮かれていた。親しくなるにつれて、自分がゲイであることや、そこから生じる悩みについても先生に打ち明けて、相談するようになっていた。そういう僕の行動が、先生に誤解を与えてしまったのだと思った」

だから、これは自分が招いたことだと考えて、予測できたことではないかと自分に言い聞かせ、早々に諦めてしまったのだと続ける。

「望んで結んだ関係ではなかった。力で奪われることへの恐怖や嫌悪感もあった。ただ、初めてではなかったし、恋人がいたわけでもなかったから、その時だけ我慢すればいいと思ってしまった。次からは、二人きりにならないように気を付けようと……」

川本はまた薄く笑い「だけど、その一回では終わらなかった」と言って、ため息を吐いた。

「口止めのために、写真を撮られてね……」

「え……」

晴の背筋を冷たいものが流れ落ちる。

「デジカメやスマホじゃなかったから、少しはマシだったけど……」

成瀬が使ったのは、当時、成瀬のこだわりから現場で愛用していた古いフィルムタイプのカメラだったという。

「少なくとも、そのままネットにばらまかれるという恐怖は感じなかった。それでも、ネガを持っているあの人には逆らえなくなった」

笑えるのはね、と川本が続ける。

「成瀬先生は、僕に『愛している』と言っていたんだ」

成瀬はすでに結婚していた。夫人は成瀬の事務所のスポンサーでもある資産家の令嬢だ。

「子どもはいなかったけど、奥さんは、成瀬先生のほうから離婚できる相手じゃなかった。なのに、あの人は、僕に『愛している』と言い続けたんだ」

そして、その言葉だけで、関係を続けようとしたという。

「あの言葉が本当だったのか、嘘だったのか、僕にはわからないし、その時も今もどうでもいいと思っている。結局のところ、愛人として、都合よく扱われただけなんだから」

諦めたような笑顔のまま、川本はどこか投げやりに言い、「ただ」と続ける。

「それでも、建築家としての成瀬先生とも、深いつながりを持つことができたのも事実だ。卒業後は助手として研究室に残ったし、設計事務所のスタッフとして実務に携わることもできた」

川本は淡々と話し続ける。

「大学の講師に採用されたのも、成瀬先生の推薦があったからだ。実力だけじゃ、そんなにうまくチャンスは巡ってこない」

ある意味、成瀬は十分な見返りを与えてくれたのだと自嘲気味に言った。

「だけど、十年前かな……、成瀬先生は急に、僕を自由にした」

川本の目の前でネガを燃やし、成瀬の事務所や研究室を離れて自由にやれと言ったそうだ。

「先生の近くにいた時間は、年数にすれば六、七年だよ。離れてからのほうが長い。それでも、二十代のほとんどをそんなふうに……」

愛人として過ごした。最後の言葉を呟くように落とし、それきり川本は黙り込んだ。

沈黙が落ちたテーブルに、タイミングを見計らったかのようにコトリと二つの皿が置かれた。ほんのりと湯気が立ち上る皿の一つに、店員がナイフを入れる。半熟玉子の鮮やかな黄色が中央の切れ込みから溢れ出した。

それを二人でぼんやり見ていた。

二つ目の皿にもナイフを入れ、店員が立ち去る。川本が「どうぞ」とカトラリーケースを差し出した。

「いただきます」

手を合わせ、黄色いオムライスを口に運ぶ。とろりとした食感も、中に詰まった赤いケチャップライスの酸味や塩加減も絶妙だった。川本が勧めるのも納得だ。

「どう？」

「美味しいです」

川本は満足そうに頷いた。それから、ひどく優しい声で独り言のように呟く。

「あの人は、卑劣な人だ」

晴は黙ってオムライスの二口目を運ぶ。

「卑劣で、傲慢で、プライドが高い。自我の塊だ……。他者を圧倒して力でねじ伏せるのが、あの人のやり方で……、才能だった」

視線を上げると川本が微笑んでいた。

「才能だ。人が畏れるほどの絢爛豪華さと、魂を奪うような重厚さ、トリエンナーレにエントリーした頃の成瀬先生には、誰にも真似できない強い輝きがあった」

初期から最盛期までの成瀬の作品群を思い描き、晴も頷く。ギラギラと華美な装飾は攻撃的なまでに徹底していて執拗で、だからこそ他では決して見ることのできない強烈な個性があった。

「でも、本当は弱いんだ……」

「え……」

「とても、弱い……。弱いから、固い鎧で自分を守っている」

そして、その弱さに自分で気付いてしまったから、成瀬は、本当の意味で弱くなってしまったのだろうと川本は言った。

「あの人は、自分を疑い始めた。その瞬間から、平凡な建築家になってしまった」

傷ついたような、それでいてどこか満足したような、奇妙な微笑が川本の顔に浮かんでいた。微笑んだまま、川本は短い言葉を口にした。

「いい気味だ」

残酷な言葉だ。けれど、その言葉の中に、なぜか愛情に近い何かが潜んでいるように感じたのは気のせいだろうか。

その後、食事の合間に、川本は現在成瀬が置かれている状況について話をした。設計の仕事が減り、事務所は倒産間近、経済面を支えていた夫人とは三年前に離婚したという。

「それで、賄賂なんか受け取ってしまうんだからね……、本当にあの人は弱いんだよ」

結局、そのことに足を掬われた。

「お気の毒様と言うしかない」

「……でも、川本先生は、成瀬先生を庇ったって聞きました」

成瀬が大学を去ることを条件に、事件を内々に処理できないかと学事部に持ち掛けたのは川本だったと聞いた。

「庇ったつもりはないよ……。きみの意向もあったから、表沙汰にすべきではないと言っただけだ」

川本は、ふいに視線を上げて晴の顔をまっすぐ見た。

「で、ここからが本題なんだけど」

「え……」

すでにかなり濃い内容の話を、たくさん聞いた気がするけれど……。

「きみに謝らなければならないと言ったよね」

「ああ、はい」

その理由を説明したいと言って、川本は話し始めた。

「実は、このところ、僕は、成瀬先生から復縁を迫られていたんだ。運が傾き始めたのは僕と別れてからだとか、言い出して……」

「復縁、ですか……？」

「うん。奥さんとも別れたからとかなんとか言ってね。別れたんじゃなくて、捨てられたんだろって言いたかったけど……」

勝手な話だよ、とため息を吐く。

「今さらそんな気持ちはないって断っても、誰のおかげで准教授になれたと思っているんだとか、過去のことをいろいろ持ち出してきてね……。世話になったのは確かだけど、だからって、今さらよりを戻す気にはなれないよ」

ウンザリしたように肩をすくめてみせる。

「それがあまりにもしつこくて、常識では考えられないくらい度が過ぎてきたから、桐谷先生に相談して、これ以上、同じことを続けるなら法的な手段に出るって伝えたんだ」

「あ……」

桐谷が言っていたのは、このことだったのだと思った。

「おかげで僕のほうはなんとかなった。毎日のように来ていた成瀬先生からの連絡も、ぴたりと止んだしね。だけど、そのせいで、今度はきみに迷惑をかけることになってしまったみたいなんだ」

意味を掴みかねていると、川本は「成瀬先生は、もう一度、僕のような人間を手元に置こうとしたんだよ」と、困ったような顔で言った。

「創作にはミューズが必要だとかなんとか、都合のいいことを言ってたね」

容姿や才能なども含めて自分の眼鏡に適う人間をそばに置き、常に自分に心酔させ、賛美させることでインスピレーションを取り戻せると思っていたらしい。

「バカだよね」

亜衣が美しいと評する顔に、謎めいた微笑が浮かんだ。

「失くしたものは、もう戻らないのに」

成瀬が川本を手放したのは、およそ十年前だと言っていた。一番忙しかった時期に、成瀬はなぜそんなことをしたのだろう。

そして、成瀬のもとを離れてから、川本は……。

「川本先生は、どうして設計の仕事をしなくなったんですか」

「ん？　してるよ？」

時々だが、知り合いの事務所から構造計算を頼まれていると言って、川本は笑う。

「いいアルバイトになっている」

「先生自身の作品は……」

「ああ……」

川本は、また少し笑う。

「僕は、自分の名前で作品を発表するような建築家には、なれないからね」

だが、晴は納得できない。川本の講義を受けていて、十分な実力があるのを知っているからだ。

けれど、川本は繰り返した。

「なれないんだよ。わかってしまったから」

「わかってしまった……？」

迷いのない顔で川本は微笑む。

「だって、僕の前には、天才が二人もいたんだよ」


「川本先生に会ったのか」

キッチンに立っていると、いつものように晴のつむじにキスを落としてから、桐谷が聞いた。

「うん」

「何か、話したか？」

晴は少し考えて、「いろいろ」と答えた。成瀬と川本の間にあったことを、とてもプライベートな部分まで聞かせてもらったと付け加える。

「そうか」

「先生は、全部知ってたの?」

「ある程度はな」

川本から相談を受けていたのなら、おおよそのことは知っていたはずだ。もっとも、たとえ知っていても、桐谷は何も言わなかっただろう。職業上の守秘義務があるし、染みついた習慣が桐谷の口を堅くしている。

(聞いても、教えてくれないだろうな……)

高い位置にある端整な顔を見上げて、考える。

川本と別れて中庭を歩いている時に、晴はふと、十年前という時期について引っかかりを覚えた。一番忙しかった時期に、なぜ急に、成瀬は川本を手放したのか。その問いが、頭の中にこびりついていた。

十年前と言えば、晴の故郷に博物館と市民ホールが建ったのと同じ時期だ。そこまで考えて、あのホールを設計したのは川本なのではないかと推察したのだった。

そして、桐谷はそれを知っていたから、あの作品は成瀬のものではないと晴に気づかせようとしたのではないかと考えた。

桐谷の口が貝より堅いのを承知で、晴は聞いてみた。

「先生は、あの建物のことも、知ってたの?」

けれど、桐谷は首を傾げた。

「建物? なんのことだ?」

「ぼくの町の、市民ホール……」

桐谷の顔には、問うような表情が浮かんでいる。

「あれを設計したのは、川本先生だったんじゃないかと思って……」

「ああ。そういう話なら、何も聞いていないな」

桐谷ははっきり否定した。言えないことは絶対に言わないが、一方で、桐谷は決して嘘を吐かない。聞いていないと言うのなら、本当に聞いていないのだ。

「そうなんだ……」

今度は晴が首を傾げた。

何か具体的な証拠があるわけではないけれど、川本以外にあの建物を創れる人物はいないような気がするのだ。『本当は弱い』と言った川本の言葉に、故郷の二つの建物が重なる。

絢爛豪華な博物館と、それに寄り添うように立つ市民ホール。全く違うタイプのデザインなのに、一つの作品として、決して切り離して考えることができない二つの建物。今の晴にはその理由がわかる気がした。

博物館が内包する弱さ、どこか歪なほどの輝きの、欠けた部分を補うように市民ホールは立っていた。ギラギラと強く輝く存在が内に秘めている弱さ。その弱さを憐れむように、許すように、静かに佇んでいた。その佇まいが川本に似ている気がしたのだ。

成瀬と川本の間にどんな感情が流れていたのか、当事者ではない晴にはわからない。けれど、中庭に満ちる水と光を思い浮かべ、あの建物こそ、周囲を威嚇するように輝きを放つ成瀬の、内に潜む弱さや、だからこそ歪んで美しい狂気を許し、愛するために建てられたように思えた。

十年前という時期も一致する。

ただ、あれほどの建物を設計した人物が、その後、一切作品を発表しないなどということがあるだろうか。

『だって、僕の目の前には、天才が二人もいたんだよ』

川本の言葉が脳裏によみがえった。

(二人って、誰と誰のことを言ってるんだろう……?)

一人は成瀬だろう。では、もう一人は……?

「晴、どうした……?」

卵を手にしたまま考え込んでしまった晴を、桐谷が覗き込む。そのまま顎を支え、ふいに唇を重ねた。

「ん……」

口蓋を舌で撫でられ、シャツの裾から忍び込む指に脇腹をくすぐられる。あ、と甘い声が零れて、慌てて桐谷を押し返した。すぐに抱き返されて、耳元に囁きが落ちる。

「晴、夜まで待てない」

きゅんと胸の奥が疼いた。そのまま流されてしまいそうになる。それでもどうにか、食事の支度があると告げると、桐谷は少年のようにはにかんだ。

耳をかすかに赤く染め、視線を泳がせながらうつむく。

「悪い……。つい、嬉しくて……」

「嬉しい……？」

言葉の意味を測りかねていると、ふと桐谷が顔を上げた。

「そうだ。あいつなら、知っているかもしれないな」

スマホを取り出し、素早く画面をタップして、それを耳に当てながら居間のほうへ歩いてゆく。

晴はようやく料理に取り掛かった。

（卵、割れなくてよかった……）

昼間食べたオムライスを再現しようと挑戦する。桐谷にも食べてほしいと思い、とろりとした半熟を目指して奮闘した。

（う……）

あまりうまくいかなかった。

形の崩れた黄色い物体を見ながら、桐谷は本当に晴の作る料理に満足しているだろうかと心配になる。

そして、料理ならそれでもいいのだと思った。料理ならば、晴が素人でも、その料理に桐谷が飽きても、時々プロの味を求められても、傷つかない。

きゅっと唇を噛んで、別のプロのことを考える。気持ちがずんと沈んだ。

（お仕事でああいうことをする人は、どんなふうに先生を悦ばせるんだろう……）

きっと晴なんかとは比べ物にならないような、すごい技術を持っているに違いない。考えると、また胸が苦しくなる。

（どうか、タカギって人のお店に、二度と先生が行きませんように）

心の中で必死に祈った。

なのに、通話を終えて戻ってきた桐谷は、爽やかな笑顔で「明日の夜、高城の店に行くことにした」と言った。

「え……」

「だから、食事は必要ない。それで……」

心臓が締め付けられる。

あんなに頑張っているのに……。泣きそうになるのを我慢して、桐谷を見た。

「それでな、高城のやつが、晴も連れてこいとうるさい。本当はまだ誰にも見せたくないんだが、あの店には晴も興味があるかもしれないから、一緒に行ってみるか？」

「一緒に……」

桐谷がタカギの店へ行く。そう聞いただけでも心が引き裂かれそうなのに、その上、桐谷はタカギの要求に応えて、晴を連れていこうと言うのか。

（ぼくを男娼窟《だんしょうくつ》に連れていって、タカギさんに会わせるの……？　そんなお店の元締めに会わせて、いったい……）

桐谷は「まだ見せたくない」と言った。それは、もう少し自分一人で晴を味わい、飽きた頃にタカギに会わせるつもりでいたということだろうか。

桐谷のことをそんな人間だとは思いたくない。男娼窟に連れていくなどというひどい言葉を聞いた後でも、晴の心はまだ桐谷を信じたがっている。

けれど、最初の日に経験した出来事が全てを物語っている。桐谷は晴を、タカギが送り込んだプロの少年だと信じて抱いたのだ。

「晴……?」

ぽろぽろと、堪えきれずに涙が零れていた。

「晴、急にどうしたんだ」

「うう……」

桐谷が駆け寄るようにそばまで来て、晴に手を伸ばす。その手を逃れて、晴は首を振った。

「さわ、触らないで……」

「晴……?」

泣きながら、「ごめんなさい」と謝った。晴は桐谷に何か言える立場ではない。

「晴、なぜ泣いている。ちゃんと、わけを言ってくれ」

「ごめ……、ごめ、なさい……」

「どうして謝ってるんだ」

桐谷はひどく狼狽していた。嗚咽を漏らしながら、晴はどうにか自分の考えを桐谷に伝えようとした。

晴には桐谷を縛る権利はない。こうして泣くのもいけないことだとわかっている。けれど、自分でもどうすることもできないのだと、とぎれとぎれに訴える。

「だけど……、だけど、い、行かないで……ほし……。タカギさんのお店に、行かないで……」

「高城の店に？　どうして……」

我慢できずに、涙と一緒に言葉が零れ出る。

「行かないで……。他の人を、抱いたりしないで……」

わっと泣きだした晴は、桐谷の手を拒むことも忘れて、抱き寄せられた胸に顔を埋めた。

「晴……、言っている意味がわからない」

「だ、だから……、だ、男娼窟になんか、もう、行かないで……」

「だ、男……？　なんだって？」

ダンショウクツ、と晴は怒ったように、一音一音をはっきりと区切って口にした。他にもっと別の言い方があるのかもしれないが、昔読んだ小説の中で見たこの名前しか、晴には思いつかなかった。

「お、男の子が……、身体を売る……お店なんでしょ？　タカギさんのお店……」

「な、なんだって？　何を言ってる？」

桐谷は腕を解き、驚いたように晴の顔を覗き込んできた。涙で汚れた顔が恥ずかしくて顔を背《そむ》けようとするが、頬を両手で挟まれて正面を向かされる。

「晴、もう一度聞く。今、なんて言ったんだ？」

「男娼窟……。タカギさんのお店、男の子を売るんでしょ……」

言ったそばから、涙が溢れてくる。

「どうして、そんな……」

「先生は、いつもタカギさんのお店で、男の子を買ってるんだと思うけど、できればもうやめてほしい……。こんなこと言う権利はないって知ってるけど、だけど、ぼく、がんばるから。ほかの人に負けないくらい、がんばるから……。だから、行かないで……」

桐谷の顔に、困ったような、それでいてどことなく嬉しさも滲むような、奇妙な表情が浮かぶ。

「晴、言っていることの半分はものすごく嬉しい。嬉しいんだが、残りの半分に、とんでもない誤解がある気がする」

「誤解……?」

「どこでどう間違えば、そんな話になるのかわからないが……、とにかく高城の店が、晴の言うところの男娼窟ではないことは確かだ」

普通のレストラン・バーだと、桐谷が教える。だが、それを聞いても、レストランは表向きの商売なのではと晴は疑った。

「逆に、なぜそう思うんだ?」

「だって、初めてここに来た時……」

『きみは、高城が送って寄越した子ではないのか』

桐谷は、そう言ったのだ。

「タカギさんは、そういう仕事をする男の子を手配してる人なんでしょ?」

茶色の目を涙で濡らして、晴は言う。ああ……、とどこか気の抜けた声を発して、桐谷は宙を仰いだ。

「それでか……」

うーんと呻いたきり放心している桐谷を、晴は怪訝な目で見た。長い腕で抱き寄せられると、抵抗することも忘れて、すっかり馴染んだ広い胸に頬を押し付けた。

昂ぶっていた気持ちが少しずつ凪いでゆく。

もしかして、とぼんやりした頭で考える。タカギの店は、本当に普通のレストラン・バーなのだろうか。それならなぜ最初の日に、桐谷は晴にあんなことをしたのだろう。

タカギが送り込んだ少年と間違えたことは確かなのだ。少なくとも、あの日、タカギは誰かをこの家に派遣した。そのことだけは、動かしようのない事実だ。

「晴……」

ため息のように名前を呼ばれた。

「この話は、高城も交えてしたほうがいいかもしれない。明日、一緒にあいつの店に行ってくれないか。絶対に、晴の思うような恐ろしい場所ではないから」

優しく背中を撫でられ、頭で考えるより先に、心は桐谷を信じてしまった。気付いた時には、黙って頷いていた。

夜になり、桐谷の部屋のベッドを前にして、晴は一緒に寝ることに躊躇いを覚えた。背後に立った桐谷は、腕を回して晴を抱き寄せると、くるりと振り向かせ、子どもをあやすように軽くトントンと背中を叩いた。

「今夜は何もしない。安心してお休み」

光沢のある絹のパジャマに頬を押し当て、目を閉じる。ゆっくり髪を何度も撫でられるうちに、泣いて熱を持っていた喉や鼻の痛みが引いてゆく。

ふと、幼い頃の自分を思い出した。

晴は泣かない子どもだった。物心ついた時には父はおらず、母の腕の中には常に幼い弟がいたからだろう。それでも、一度か二度は泣いた思い出がある。そんな時、母もこうして晴の背中を叩いてくれた。晴が泣き止むまで、ゆっくりと髪を撫で続けていた。

十分に愛された幸福な記憶が身体の芯に残っていた。その記憶を呼び覚ますように、桐谷の手は優しく背中を撫で続ける。ベッドに横たわると、穏やかなリズムに誘われて眠りが自然に降りてきた。

優しい眠りだ。けれど、その中にも、熾火のように消えかけては燃え上がる切なさや苦しさが残っていた。

母や弟、田沢や亜衣やほかの友人たちに抱く愛情とは別の、痛みを伴う何かが晴を苛んでいた。嫉妬や悲しさや、桐谷を誰にも渡したくないという邪な思いが、身体の中から消えない。

傲慢で独りよがりで身の程を知らない嫉妬心は、芽吹いたばかりの新芽のような恋心を内側から焦がしてゆく。

（先生は、ぼくのものじゃないのに……）

決して晴のものにはならないのだと、何度も自分に言い聞かせた言葉が棘のように心に刺さっていた。

【9】

翌朝は、講義の関係で桐谷が先に家を出た。

「なるべく早く帰る。帰ったら、一緒に高城の店に行こう」

ガレージに向かう後ろ姿を見送り、簡単な片づけや洗濯を済ませ、門扉や家の解錠に必要なセキュリティコードを清掃業者に連絡してから、晴も広い屋敷を後にした。

解錠用の暗証コードは毎日変わる。電動で閉まる深緑色の門を出ながら、もしハウスキーパーを辞めたら、翌日には晴もこの家に入ることができなくなるのだとぼんやり思った。

タカギの店は男娼窟ではないと桐谷は言ったが、あの華やかな男がプロの少年を手配したことまでは否定しなかった。

タカギのいる場所で説明すると言われたけれど、考えれば考えるほど、その店に行くこと自体が危険なことに思えてくる。亜衣や田沢に言えば、きっとものすごい剣幕で反対するだろう。

（絶対、言えないけど……）

言えるわけがない。ハウスキーパーの面接に訪れ、その場で雇い主である桐谷に抱かれたなどと。

それだけでも、世間の常識から考えたら驚愕の出来事だ。

あの時から、晴はまわりの誰にも言えない秘密を持ってしまった。

大学に着き、コンクリートの門を抜けて工学部の構内をとぼとぼと歩いていた。

いつものように亜衣と田沢が追いついてきて、晴の隣に並んだ。

「晴、おはよう」

「暑くなったねえ」

「だなぁ。あ、そういえば、例のセクハラ教授、大学をクビになったらしいぞ」

田沢の何気ない言葉に、晴の心臓がドキリと跳ねた。

（セクハラ教授……）

桐谷と晴がしていることを知ったら、世間はどう思うだろう。おまけに、今日、晴は桐谷に男娼を手配した男の元へ連れていかれるのだ。

桐谷は何度も大丈夫だと言った。何も心配しなくていいと。けれど、桐谷に恋をしている今の晴は、きっと正常な判断ができなくなっている。

（このままでいいはずないんだ……）

今朝、桐谷の腕の中で目覚めた時に浮かんだ不安が胸をよぎる。

このまま、いつまでもこんなことをしていていいのだろうかという疑問と不安。同じ大学の准教授である桐谷に、毎晩あんなふうに淫らに啼かされて、その上男娼窟に売られたなどということが世間に知れたら、大変なことになる。

そんなことになる前に終わりにしたほうがいいのではないか。桐谷を守るためにも……。

(きっと、『セクハラ准教授』って言われて、責められるのは、先生のほうだ……)

頭の中で考えを巡らせた。桐谷から振り込まれるアルバイト代はほとんど使わずに残っている。不動産屋から支払われた違約金もそのまま取ってある。引っ越しの費用には十分だった。

(迷惑をかける前に、ハウスキーパーを、辞めよう……)

晴がいなくなっても、桐谷は困らないはずだ。少し前までは、一人で生活していたのだから。

(きっと、困らないよ。大丈夫……)

そう考えるそばから涙が溢れそうになる。

桐谷が他の誰かに触れると思うと、それだけで苦しい。桐谷は大人で、ベッドの中での行為に対して自由な考えを持っている。キスもセックスも挨拶と同じ。ただそれだけのことなのだと自分に言い聞かせても、胸が締め付けられて泣きたくなる。晴が桐谷を縛ることなどできないのは百も承知なのに、嫌だと泣きだしそうになる。

桐谷にとって、晴は一時的な遊びの相手に過ぎないのに。

こんな気持ちを抱えたまま、そばにいるのが苦しい。いつか終わりを告げられる日のことを思うと、おかしくなりそうだった。桐谷が晴に飽きて、毎晩タカギの店に行くようになったら、とても耐えられない。きっと心が壊れてしまう。

だから、今のうちに桐谷の元を去ったほうがいい。どんなに辛く、悲しくても。

けれど、桐谷と離れて、晴はこの先どうやって生きていけばいいのだろう。

ほんの数週間前まではできていたことだ。小さなアパートに一人で住んで、大学に行って勉強して、亜衣や田沢と話をして、時々実家に帰る……。

それで、幸せだった。

なのに、今は、この先離れて暮らすのだと考えただけで、桐谷の家で過ごした数週間が恋しくてたまらない。

光と風の入る大きな家と、帰ると必ず晴のつむじにキスを落とす背の高い男。赤くなる晴をからかい、キスをして、夜にはベッドで……。

身体中に刻まれた無数の愛撫の痕が瞼に浮かんだ。教え込まれた官能の数だけ、所有の証にも似た赤い痕が晴の身体中に残っている。花を散らしたかのようなその痕が肌から消えても、晴の身体や心が桐谷の感触を忘れることはないだろう。

タカギは男娼窟の元締めではないのかもしれない。けれど、やはりあの男に会ってはいけない気がする。桐谷を犯罪者にすることはできない。

すでに約束をしてしまったけれど、桐谷が帰ってきたら「行けない」と伝えて謝ろう。

そして、さよならを言うのだ……。

帰宅するとすぐにスプリンクラーが届かない場所にある鉢にじょうろで水をあげた。梅雨が明けた今、日当りのいい場所にある鉢は晴の帰りを待ちわびているかのようだ。この仕事だけは桐谷もやってくれるだろうか。よく頼んでおかなくてはと、水が描く弧を眺めてぼんやり考えた。

いつもより早い時刻にガレージのほうから音がした。

「ただいま、晴」

「おかえりなさい」

桐谷は普段と変わらず、晴を抱き寄せて髪にキスをした。そのまま唇を求められてそっと拒む。高い塀に囲まれた広い庭は外から覗ける造りではないけれど、それでも誰がどこで見ているかわからない。そう思うと不安だった。

気にする素振りもなく桐谷は軽く聞いた。

「すぐに出かけられるか？」

晴は首を振り、一日中考えていたことを桐谷に告げた。タカギの店には行かないこと。ハウスキーパーを辞めて、桐谷の屋敷を出ようと思っていることを淡々と伝える。

思ったよりもずっと冷静に話せた。場所が庭だったのがよかったのかもしれない。屋外という、人に見られるかもしれないという環境が、感情的になるのを抑えてくれたのかも……。

自分を分析する余裕さえあった。そんな晴に対して、桐谷の反応は全く逆だった。驚愕のあまり目を見開き、息を止めて固まっている。

直後、片手に下げていた鞄と夏用の上着をバサリと芝生の上に落とした。

「急に、何を言い出すんだ」

晴の両肩を掴んだかと思うと、これまでにないほど強い力で抱きしめてくる。

「だめだ。どこへも行くな」

「せんせ……、痛い」

「どうしてそんなことを言うんだ、晴」

苦しい、と訴えると、ようやくわずかに腕の力が緩む。けれど桐谷は、「どうして」と繰り返すばかりだった。

「どうして……」

「だって……」

改めて説明しようとすると難しい。自分の嫉妬心や苦しさを理由に挙げるのはおこがましい気がするし、桐谷の下半身事情を責めるわけにもいかない。

結局言えるのは、大学の教員と学生であることや、同性であること、雇用主とハウスキーパーという間柄で今のような関係にあるのは好ましくないことなど、いわゆる世間体を気にするような内容だ。晴の気持ちとは遠いところにある「他人の物差し」に照らしたものだから、あまり強い言葉にはならなかった。

「そんなくだらないことで……。話にならない」

怒ったように一蹴されて、泣きたくなった。

「くだらないこと……?」

「くだらない。話にならない」

苛立ちを含んだ声で繰り返され、もやもやとした気持ちになる。人がどう思うかが重要ではないことくらい、晴だってわかっている。それでも、晴なりに考えたのだ。ずいぶん考えて、泣きそうになるのを我慢して、桐谷と離れると決めた。なのに、それを、くだらないだなんて……。

何もわかっていないくせにと、八つ当たりのような感情が芽生える。

「だって、それに……っ」

「それに、なんだ」

不機嫌に見下ろされ、心のどこかでプツリと何かがキレた。なんでもいいから文句を言ってやらねば済まない気がしてくる。

「先生が……っ」

「俺が、なんだ……?」

「えっち過ぎるから。あ、あんなにいっぱいしてるのに、タカギさんのお店にも行くとかって……、絶対、ヘンだから。ビョーキだからっ!」

顔を真っ赤にして叫んだ晴に、桐谷の顎がガクリと落ちる。「ビョーキ……」と口の中で一度呟いてから、晴に顔を向けた。

「そ、そのことと、高城の店が、どうして関係あるんだ」

「だって、そういうことしに行くんでしょ! え、え、えっちなことを……」

いつになく動揺し、狼狽さえ見せる桐谷は、しばらく喘ぐように口を開いては閉じて、を繰り返していた。ようやくどうにか「だから、それは違うと……」と言葉を絞りだすと、その後は本来の冷静さを取り戻す。

「え、えっちな、こと……」

「やはり、一度あいつに会って、根本的な誤解を解くのが先だ」

上着と鞄を拾うと、そのまま晴の腕を引いてガレージに向かう。有無を言わせぬ勢いで、晴をメルセデスの助手席に押し込んでドアを閉めた。

横暴だと抗議する晴を、なぜだか困ったような顔で見つめる。

「晴、俺たちは最初が少し普通じゃなかった。だから、無理もないと思う。だけどな……」

それでも、と言いかけて、ふいに桐谷は口を噤んだ。何か奇妙なものを見つけたように首を傾げる。メルセデスの脇に立ったまま、半分腕を組み、右手で口元を覆って眉間にしわを寄せた。

「先生?」

どうしたの? と目で問う晴に、桐谷ははっとし、「とにかく誤解を解くのが先だ」と言って運転席に回った。

向かった先は、ハイブランドの店舗や老舗の百貨店が軒を連ねる華やかな商業地区だった。日の長い初夏の夕暮れ時、まだ日中の熱が残る広い歩道には多くの人が行き交っている。

大きな交差点を左に曲がって一本外れた裏通りに入る。きらびやかな店舗が減り、オフィスビルやシティホテルなどが増えてくるが、怪しげな雰囲気の店がある気配はどこにもなかった。

「こんな立派なところにあるお店なの?」

清潔で格式を感じる街並みを眺めて、晴は聞いた。地下にあるコインパーキングに入り、空いている区画にクルマを停めてから、桐谷が答えた。

「普通のレストラン・バーだと言っただろう。本当におかしな店ではないから、安心しろ」

エレベーターで地上に出て少し歩く。まっすぐ伸びた通りの先に建つ建物が、晴の目を引いた。

コーナーが硝子張りになったサイコロのような建物で、夕闇が落ち始めた街路に光の箱が浮かんでいるかのように見える。近くまで行くと、晴はしげしげとその建物を見た。

壁面の大半は硝子張りだった。擦り硝子と透明硝子が組み合わせてあり、中の様子は見えるのに、それぞれの客の姿ははっきりとわからないようになっている。プライバシーを守りつつも、店内の楽しげな気配が外に伝わってくる。

(上手な造りだなぁ……)

さらに近くまで行って、透明な部分から中の様子を覗った。中空に浮かんだいくつものテーブルと椅子が目に入り、晴は思わず足を止めた。

(家具が、浮いてる……)

もっとよく見たいと思って足を踏み出そうとした時、桐谷が「ここだ」と言って、晴が見ていた建物を指さした。

「ここ……?」

桐谷のエスコートで、シンプルなステンレスの扉を開けて四角い箱の中に入る。広めのフロアが目の前に現れ、そのあちこちに、宙に浮かんだかのようなテーブル席が見えた。室内全体が透明な光でできているかのように錯覚する。

「すごい……、どうなってるの?」

思わず感嘆の声を上げた。

「いらっしゃいませー。待ってたよー」

明るく声をかけられて振り向く。華やかな美貌の男がにこにこ笑いながら近づいてきた。

「連れてきたぞ。俺には守秘義務があるから、おまえの口から説明してやってくれ」

「オッケー。でも、とりあえずは食事だよね」

柔らかい笑みを浮かべ、タカギは先に立って歩き出す。桐谷と晴を中空に浮かんだテーブル席の一つに案内した。晴は、パンチングメタルでできた床と階段をじっくりと見下ろしながら歩いた。顔を上げて周囲を見回す。床の高さが席ごとに変えてあり、ほとんど透明な間仕切り壁との相乗効果でプライバシーを確保している。じっと床を眺めてから、それを支える柱を探した。硝子の箱のような空間には柱がなかった。ふと、天井を見上げる。

「ピアノ線……?」

硝子のように見えた壁面が無数のピアノ線でできた幕だと気付くと、驚きと感動に思わず目を見開いた。

「すごい。こんなの初めて見た」

心臓がドキドキしていた。控えめの淡い間接照明で照らされた室内は、明るすぎず暗すぎず、幻想的な空間を作り出している。人の動きや料理の彩りが十分楽しめるだけの照度が保たれ、床の高低差と透明な壁面がプライバシーを守っていた。

視覚的には室内全体を見わたせるような広がりを感じるのに、人からの視線が全く気にならない。

(ほんとに、すごい……)

細部まで考え抜かれた空間は構造的にも安定していて、その上こんなにも美しい。晴はしばらくの間、悩みも忘れて店内に見入っていた。

「気に入ったか」

桐谷に聞かれて、ぼうっとしたまま頷いた。それを見ていたタカギが満足そうに微笑む。

「わあ、光栄だな」

なんだかふわふわした気分のまま、席に着いた。

炭火で焼いたポークソテーとグレープフルーツを使ったイラン風のサラダ、サーラーデ・シーラーズィ、ローズマリーを練り込んだフォカッチャが運ばれてくる。

シンプルなソテーには四種類のソースが添えられていて、抹茶塩とマスタードが特におすすめだとタカギは言った。当たり前のようにスプマンテのボトルが置かれ、桐谷は「焦っていて、うっかり自分の車で来てしまった」と顔をしかめた。

「運転代行を手配するよ」

タカギは笑って、二つのグラスにスプマンテを注いだ。

「食事が終わった頃に、また来るね」

軽くグラスを合わせてから、桐谷は無国籍の料理をゆっくりと口に運び始めた。建物に魂を奪われていた晴も、釣られるように、黙って銀色のカトラリーを手に取った。

食事には不思議な力があるのかもしれない。お腹がいっぱいになると、なぜだか気持ちも落ち着いてきた。波のない静かな水面のように心が凪いだ頃、二本目のスプマンテを手にしてタカギが戻ってきた。

「あまり高いお酒は置いてないんだ」

ラベルを見せて笑う。料理も比較的カジュアルなものを心がけているらしい。

「飲食店の経営は、慣れてないからね」

にっこり笑ったタカギの顔を見て、晴は再び、警戒し始めた。やはり、この店の経営は彼の本業ではないのだ。

晴の表情の変化に気づいて、桐谷がやや慌てた様子で「さっさと話せ」とタカギを急かした。美貌の男はひどく楽しそうに「うーん。何から説明しようかな」などと軽く焦らしながら、空いている椅子に腰を下ろした。

「守秘義務とかなんとか言うなら、事件のことからだよね」

それぞれのグラスに金色の泡の弾ける液体を注いでから、タカギは話し始めた。

もともと桐谷とは友だちだったのだが、最近、おかしな事件に巻き込まれ、それが思ったよりもこじれてしまったため、弁護士としての桐谷に間に入ってもらったのだという。

「事件って言っても、危ないものじゃないよ。どちらかって言うと、面倒くさい系かな……。内容

について は割愛するけど、興味があったら、今度またゆっくり教えてあげるね。で、桐谷が説明してほしいのは、たぶんここから先に話すことだと思うんだけど……」

いったん言葉を切ったタカギは、そうだよね、と確認するように桐谷の顔を見た。「でも、結果的にはよかったじゃない」などと言って、にこにこ笑って首を傾げてみせる。

桐谷は表情を変えず、黙って横を向いた。

「晴くん。こいつのセックスって、すごくうまいでしょ?」

突然、真顔で聞かれて、晴は口に含んだばかりのスプマンテに盛大にむせた。ゲホゲホと咳をする晴の背中を、桐谷が慌ててさする。

「昔から有名なんだよね」

涼しげな顔でタカギは続ける。

「弁護士の仕事をしていた頃はかなり派手に遊んでてさ。そのうち、こいつのセックスがすごくいいっていうんで、すっかり評判になっちゃって、男も女も一度でいいから抱かれたいとか言うようになって……」

冗談で、整理券を配布してみたらどうかとまで言っていたくらいだと笑う。

「余計なことは言わなくていい」

バッサリと遮った桐谷に、タカギは「必要な情報だよ」と口を尖らせる。けれど、晴の目に浮かんだ涙が酒にむせたせいだけではないことに気づくと、「昔のことだよ」と慌ててフォローした。

「大学の仕事がメインになってからは、すっかり品行方正になっちゃったしね。て言うか、桐谷は本来が学者肌だから、事務所の仕事が結構ストレスだったんだね。それで、ちょっと遊んで発散してたって言うか……」

ムスッとしたまま答えない桐谷を見て、晴は聞いた。

「弁護士のお仕事は好きじゃなかったの？」

「そういうわけではないが……」

「桐谷は凄腕の弁護士だったよ」

タカギが機嫌よく教える。

「仕事が好きだったかどうかは別にして、依頼人の利益には十分に応えていた。今のあの家と事務所は母方のおじいさんに遺言で残されたんだよね。事務所を継いでからは、すぐに自分が抜けてもいいような組織に改革してたみたいだけど」

今までなんとなく本人に聞きそびれていた桐谷の背景を次々聞かされる。晴は自然とタカギの話に引き込まれていった。

「こいつの実家は某大規模企業グループの創業社長をしているような家で、親父さんは自分の跡を継いでほしかったみたいだったから、おじいさんの事務所を継がなくても学者にはなれない運命だったんだよね。めちゃくちゃ恵まれてるのに、けっこうストレスがある人生なんだなぁと、傍から見てて思ってた」

自身の個人情報を次々口にするタカギに、桐谷は何も言わなかった。晴に聞かせてもいいと思っているようだ。

「桐谷が好きなことができるのは、お姉さんのおかげだね。この男に負けないくらいに優秀な人でね、今は彼女が親父さんの右腕としてグループを支えている。ゆくゆくは跡を継ぐんじゃないかな」

「あ……」

そうだったのか、と晴は思った。

（それで、お姉さんのご機嫌伺い……）

「ちょっと話が逸れたけど、とにかくそんなわけで、こいつのベッドに入りたいっていう人間は山ほどいるわけ。それなのに、こいつは大学のセンセイになってから滅多に遊ばなくなった。昔は一晩に何人も……、と失礼。とにかく、心配になるくらい、仕事にしか興味を持たなくなったんだよ」

「別にいいだろう。おまえに心配される筋合いはない」

「そんなこと言って、最近はずいぶん相談にのってやったじゃないか。晴くんに対して、出会いが出会いだっただけにどう接すればいいかわからないとか言ってさ」

「え、ぼく……？」

桐谷を見ると、気まずそうに視線を逸らした。

「こいつが、そっち方面でこんなに悩む日がくるとは思わなかったから、いろいろ珍しいものを見せてもらえて面白かったけど」

また話が逸れていると桐谷がぼそりと促す。タカギは楽しそうに笑っていたが、「そろそろ本題だね」と言って続きを話し始めた。

「あの日はね、気を利かせたつもりで、たまには息抜きすればばって僕が勧めたんだよ。店の常連客でその手の仕事をしてる子がいて、彼がどうしても桐谷と寝てみたいって言うから、事件のお礼も兼ねてちょうどいいかなと思って。余計なことをするなって言われたけど、なにしろその子がすごく乗り気で、一度話をしちゃった手前、断るのも可哀そうで、それでしつこく勧めてたら、最後は半分怒って好きにしろって……」

桐谷が苦々しい表情で睫毛を伏せた。

「要するに、桐谷には普段から男の子を買う習慣はないってこと。男女を問わずね。そもそも、そんなことする必要もないくらいモテるし」

「でも、このお店って、そういう……」

「男娼窟だっけ？　どこで覚えたの、そんな言葉」

「何かの本で……。他にどういう言い方をするのか、わからなくて……」

「とにかく、誤解。ただ……」

タカギはチラリと視線を流し、透明な店内を見回す。その視線を追いかけた晴は、あることに気づいた。

（おしゃれっぽいお店なのに、意外と女の人が少ない……）

人の顔まではわからないが、それぞれのグループの雰囲気はなんとなくわかる。最近はどんな店でも多数派を占める女性のグループ客が少ない。一方で、男性同士と思われる二人連れが、他の店より目立つ気がした。

「うちのお店のお客さんにそういう仕事をしている子が多いのは事実なんだよね。裏通りにあって、あんまり混まないし、そのわりとわかりやすいし、値段もリーズナブルだから、たぶん、このへんのゲイの子たちが待ち合わせ場所に使ってるんだと思う」

そういう使い方を気にしないでいたら、だんだん今のような状況になったのだとタカギは言う。

「他のお客さんに迷惑をかけてるわけじゃないから、これからも特に何も言うつもりはないよ。でも、誓って言うけど、ここで売春の斡旋はしてないし、桐谷に話をした子も、お金はいらない、ただ寝てみたいだけって言うから、話を振っただけだよ」

「一石二鳥だとか軽く考えたんだろう。そういう軽率な判断がおまえの首を絞めてると、何度言えばわかるんだ」

「でも、結果的にはよかったじゃないか」

タカギがチラリと晴を見てから、桐谷に目を向けた。桐谷の頬がふにゃりと緩む。

「あああっ、もう。見てられないっ。これ、いったい誰?」

両手で頭を抱えたタカギを無視して、桐谷が晴に聞いた。

「誤解は解けたか?」

タカギは男娼窟など経営していないし、売春の斡旋もしていない。桐谷に少年を買う習慣もない。一つ一つ確認されて晴は頷く。

「もう出て行くなんて言わないな?」

どこか懇願する声で問われて、けれど晴は首を横に振った。桐谷だけでなく、タカギも驚いて晴を見た。叫んだのはタカギだ。

「ちょっと待って。それ、どういうこと?」

「男娼窟が誤解だったことはわかったけど、やっぱりハウスキーパーは辞めて、違うところに……」

「どうして? 桐谷からは、やっときみを手に入れたって、しつこいくらい惚気話を聞かされてたんだけど……。て言うか、おまえ何やってんの?」

タカギに矛先を向けられても、桐谷は呆然と固まったままだ。

「晴くん、こいつの何が気に入らないの? 友だちの僕が言うのもアレだけど、容姿も頭脳も社会的地位も、どこをとってもこれ以上ないくらいのハイスペックスーパーダーリンだよ? 性格だって悪くはない。その上、ベッドの上では最高の……」

ここまでまくし立てて、タカギははっとする。

「もしかして、夜が激し過ぎて辛いとか?」

「ち、違います」

違わないこともないが、理由はそれではない。

「じゃあ、どうして?」

本当の理由を口にしようとするが、言葉を探すよりも先に涙が零れた。

「晴?」

「晴くん?」

遊びだとわかっているから、いつか終わるのだと知っているから、自分だけがこんなにも桐谷のことを好きだから……。

言えば重くて引かれるとわかっている。それ以上に、言葉にするのが辛くて悲しくて、涙が止まらない。それでも、これが最後だからと、嗚咽の中で必死にそれらのことを伝えた。

「晴だけが、とはどういうことだ？」

驚愕の表情のまま、桐谷が聞いてくる。

「桐谷。おまえ、ちゃんと言ってあげたんだろうな」

「何をだ？」

呆れたように桐谷を一瞥し、タカギは優しく晴に聞いた。

「桐谷はきみに何も言わなかった？　可愛いとか好きだとか」

「か、可愛いは、時々……、でも、それは、からかってる時で……」

タカギに睨まれて桐谷がおろおろしながら首を振る。

「ベッドの中では？　何か言った？」

「い、いいとか……、最高だとか……」

「好きだとか、愛しているとかは？」

晴は首を振る。そんな言葉は一度ももらったことはない。成瀬でさえ川本に囁き続けた言葉。

――「愛している」と……。

けれど、それは望んではいけないものだ。油断するとすぐに、晴の心は、桐谷を自分のものにしたいと、心が欲しいのだと欲深く願ってしまう。

「……なんか、サイテーだな」

低く呟いたタカギが桐谷を睨みつける。

「あんた、あれだけ僕に惚気ておきながら、本人には何も言ってなかったわけ？」

「何もって、何を言えばいいんだ」

「好きだ、愛している、ずっとそばにいて欲しい、いくらでも言うことはあるだろうがっ」

そんなことは……、と声にならない声で桐谷は呟き、眉間に皺を寄せる。

「そんなことは、今まで一度も、誰にも言ったことはない」

「だったら、今、この子に言えよ！」


【10】


タカギが手配したハイヤーに乗って家に帰った。途中、運転席からの視線も気にせず深く口づけてくる男に、晴は驚いて抵抗した。

「先生、だめ……」

「晴、晴が欲しい」

耳元で囁かれて身体が熱を持つ。

「今、すぐに」

「先生……」

もう一度「だめ」と言って胸を押し返す。

「こんなに愛しているのに」

「……せん」

「愛している、晴……」

それまでの晴の葛藤はなんだったのかと言いたくなるほど、桐谷は同じ言葉を囁き続けた。

透明なキューブのような店でタカギに怒鳴られ、桐谷はまるでたった今その言葉を知ったかのように呆然としていた。

『晴くんが好きなんだろう？　愛しているんだろう？』

タカギに詰め寄られ、目を見開いたまま頷いていた。

『だったら、ちゃんと言葉にして伝えろよ。そういうことを軽々しく言わない姿勢は尊敬するけど、心にある言葉なら言うべきだろう』

これまで桐谷は、冗談でも誰かにその言葉を告げたことはないのだという。あまりに長く封印された愛の言葉は、肝心な時には錆びついて役に立たなくなっていた。タカギの指摘に、ようやく何かを探し当てたかのように、桐谷は初めて口にする言葉を吐息とともに囁いた。

『……晴が、好きだ。愛している』

『どこにも行かせたくない？　ずっとそばにいてほしい？』

『ああ。ずっと、ずっとそばにいてほしい。どこにも……』

椅子から立ち上がり、邪魔なテーブルを押し退けるような勢いで晴の傍らに来ると、銀色の床に跪いて桐谷は繰り返した。

『晴、愛している。どこへも行かないでくれ』

晴の大きな瞳からぽろぽろと涙が零れ落ちた。

『愛している。俺のそばにいてくれ』

何も言えずにただ頷き、それから、歓びが心に溢れるまま桐谷に抱きついた。

世話の焼ける……、と眉間に皺を寄せてぶつぶつ呟くタカギを気にしつつ、一度だけ深いキスを交わした。不思議な光の壁に守られて人の視線は届かなかった。

クルマは後で届けるからとハイヤーを手配され、追い返されるように店を出た。スプマンテを二杯口にしただけなのに、どこかふわふわと、宙を泳ぐように酔っていた。

ハイヤーを降りて門をくぐり、家まで歩く。桐谷はずっと晴の手を離さなかった。

玄関を開けて中に入ると、寝室まで行くのももどかしいとばかりに、一番近くにあった応接用のソファに押し倒される。

「晴、好きだ。愛している」

キスの雨を降らせながら、他の言葉を全て忘れたように桐谷が囁き続ける。

「愛している、晴」

「先生……」

シャツの裾から忍び込んだ手のひらが、すでに芯を持っていた胸の突起を撫で上げた。軽く摘まれただけで、電流のような痺れが身体中の細胞を泡立たせる。

「晴……」

「あ、いや……」

反応し始めた下肢を腿で擦られ、羞恥に首を振ると、露わになった首筋をきつく吸い上げられた。シャツに隠れない場所に印を付けられたことを知り、驚いて桐谷の顔を見る。黒い瞳が笑みを深くした。

「晴は、俺のものだ」

「そんなの……」

最初からだ。

初めて会った瞬間から、晴の心は身体と一緒に桐谷のものになっていた。抗えない何かに導かれて、奪われるように、けれど確かな意思を持って。

この男になら何をされてもいいのだと、本能が知っているかのようだった。

「晴、このままここで……」

シャツのボタンを外され、肌が露わになる。桐谷のワイシャツを握り締めていた晴は、その指をネクタイに伸ばした。

拙い仕草で固い結び目をほどくのを、桐谷が嬉しそうに見ている。絹の音がシュッと鳴るのと同時に、ネクタイごと指先に口づけられた。

よくできたと褒められたようで、嬉しい。

上半身が裸になると、吸い寄せられるように肌と肌を重ねた。汗をかいたままであることも、ここが玄関を入ってすぐの広く開けた空間であることも気にならない。ただ、目の前にある身体に触れて感じていたかった。

背中に手を這わせ、深いキスを交わす。すぐにもどかしく下肢が疼き始める。服を通して押し付け合う硬さが、しっとりと湿った熱を伝えた。

「あ、は……」

「晴……」

腰を揺らされると、それだけでおかしくなりそうだった。

「晴、晴……」

「あ、いや……。ちゃんと……」

「ちゃんと？　晴、ちゃんと、どうしてほしい？」

触って……。服の上からではなく、直接、その硬い屹立を押し当ててほしいと願う。

ボトムを足から抜き取られ、ブルーのボクサーパンツ一枚になると、兆《きざ》した場所を手のひらで包まれた。

「あん、いや……っ」

「可愛い形だ。ここも」

長い部分と丸い二つの付属品を弄ばれて、たまらず腰が前後に揺れる。小さな染みが滲み始めると、下着を下ろされ直接、先端を指で触られた。

「あ、あ……」

身を捩りながらも、上に乗る男のものに手を伸ばした。ベルトに触れると、まるで促すように桐谷が膝立ちになる。

逞しい腰から夏用のスラックスを落とすと、その内側から現れたものの存在感に息をのむ。黒いビキニタイプの下着を押し上げ、突き破りそうに屹立した雄。布の端に指をかけただけで、それは生き物のように勢いよく飛び出した。

見ているだけで身体の奥に燃えるような熱が生まれる。迎え入れる場所が蜜の甘さで溶けてゆく。この硬くて大きな熱塊を自分の裡に咥え込み、愛しい男と一つにつながる。その悦びを思うと喉がひりつくほどの渇きを覚えた。

「あ、早く……」

華奢な指先で、宝物のようにその熱を包み込んだ。すぐにでも自分のものにしたかった。

早く、ともう一度、唇の形だけで訴えた。

早く欲しい。挿れて。

「欲しいのか?」

「ん。欲しい……、先生が、欲しい……」

晴はもう、自分の欲望を隠さなかった。プロの少年たちに負けたくないとか、恥ずかしがっている場合ではないのだとか、そんなことも、もう考えられなくなっていた。ただ、桐谷が欲しかった。

「先生が、欲しい……」

「晴……っ」

一度身体を起こした桐谷は、キッチンからオリーブオイルを手にして戻ってきた。寝室まで行く余裕もなかったのだと思うと、嬉しさで身体の内側がざわざわとざわめいた。

「あ、あん……っ」

性急に指を埋められて、腰が浮き上がった。

「あ、あ、ん……、あ……」

何度か桐谷を受け入れた場所は、すぐに慎ましさを忘れて開き始める。求めるように収縮し、小さく震える襞に触れ、桐谷が低く呻いた。

「晴、そんなふうにされたら、もう我慢がきかなくなる」

指とは比較にならない存在を押し当てられて、腰が反射的に逃げる。それを引き戻すように両手で支え、桐谷は楔を打ち込んだ。

「あ、ああ……、ああっ！」

「晴……っ、く……っ」

足を高く上げさせられ、背中を反らせて硬い杭を受け入れる。息吐く間もなく中を広げられ、深い位置まで押し込まれた。

「ああっ、あ……っ」

奥まで深くつながると、一度動きを止めた桐谷にきつく抱きしめられる。

「晴、愛している」

「先生……」

きゅんと身体が震える。う……、と小さく呻かれて、自分が桐谷を締め付けたのだとわかった。

「あ、先生……。ぼくも……」

好き。吐息で囁くと、今度は桐谷の質量が増した。固くつながった場所から、身体中が溶け出すような疼きが広がる。

(あ……、このまま、ずっと……)

心に願った瞬間、急に激しくゆさぶられる。頭が真っ白になる。

「あ、ああっ!」

「晴、晴……っ、好きだ、愛している」

「あっ、あっ、ああ……っ、んっ」

好きだ、好きだ、と言葉を発するたびに熱い楔を深く打ち込まれる。片方の足をソファの背に載せ、もう一方の足首を掴まれたまま、何度も強く突かれた。

悲鳴に近い嬌声が上がる。

「ああっ、あ、あっ、せん、せ……い……っ、あああっ!」

「晴、恂一郎だ……、恂一郎と、呼んでみろ……」

「じゅ、いち……ろ、さん……、ああん!」

ひときわ深く、鋭く穿たれ、晴の背中が大きくしなる。

ソファから落ちかけた身体を桐谷が抱き止めた。そのまま抱き上げられ、つながった状態を保ったまま向かい合うように座面に身体を起こす。しがみつくように桐谷の首に腕を回した。熱い吐息が首筋を焦がす。

桐谷の腕の力が緩むと晴の身体が重力に任せて深く沈む。さらに奥まで楔が入り込んできた。

「ああ……」

腰を上げかけ、力尽きて崩れ落ちる。向かい合った姿勢でキスを交わし、上下で深く交わる悦びに自然と身体が揺れた。

桐谷の指が胸の飾りを摘まむと、身を捩るように腰が回る。満足そうに呻いた桐谷は、さらに胸の突起を捏ね回し、晴の反応を楽しんだ。

何度も唇を合わせ、その合間に宙を仰いで悦楽の吐息を吐き出す。

腰を浮かせては崩れ落ちていた晴は、やがて弾むように身体を上下に揺らして桐谷を味わい始めた。

「あ、あ、あん」

「晴……、いいのか」

「ん。うん……、ああ、……」

晴の動きに合わせて、桐谷が腰を使い始める。

「あ、あん、ああっ」

「晴、どうだ……?」

「ああ、あ、あ……、いい、いいっ」

上下に激しく身体を躍らせ、間で勃ち上がっている晴自身を揺らして、官能の高みに駆け上がる。

恍惚として半目を閉じた晴に、桐谷が何度も口づけた。

「愛している、晴」

「せん……」

「恂一郎だ」

「じゅんいちろうさん……」

よくできたとばかりに強く突き上げられて、そのまま極みに向かって上り詰めていった。

「あああっ！」

放埒の収縮に、桐谷も弾ける。内と外で放たれた温かい粘液が、二人の身体の間に白く飛び散った。

荒い息を吐きながら、晴はそれを尊いもののように眺めた。

同性である自分たちには、この白い濁りを未来の命につなげることはできない。けれど、深い愛情の証であることに変わりはないのだと思った。

「晴……」

呼吸が整うと、桐谷が愛しげに額にキスをする。

愛している。

何度目かもわからない言葉が耳元で囁かれる。

愛している。

愛している。

愛している……。壊れたオルゴールのように、桐谷は同じ言葉を囁き続けた。


桐谷の部屋の広い浴室に移動し、身体を清めながら、そこでも一度愛し合った。ベッドに入ってからは、空が白み始めるまで抱き合って、気を失うように短い眠りに落ちた。

目を覚ますと、桐谷が用意した朝食がベッドの脇のサイドテーブルに載っていた。まるで初めて迎えた朝のように、互いに照れたような笑みを交わし、そのままベッドの上で遅い朝食を取っていると、滅多に使われないインターホンが階下で鳴る。

スマホの画面で相手を確認した桐谷は、ため息を吐きながら、同じその端末で門を開錠した。初めて知った機能に目を丸くする晴に、スマホは晴の私物なので、今までは敢えて連携させなかったのだと桐谷が教える。

「晴のスマホを貸してくれるか」

ロックを外したスマホを手渡すと、素早く新しいアプリを読み込ませ「これで、晴の端末でも使える。二階にいる時は便利だぞ」と桐谷が笑う。

「ハウスキーパーなら私物を使わせるわけにはいかない。だが、家族なら構わないだろう?」

「え……」

（家族……）

何かすごいことを言われた気がする。

わずかに動揺する晴に、そのまま休んでいろと言い残して桐谷は部屋を出て行った。バスローブをまとっただけで階下に下りていくところを見ると、来客はおそらくタカギなのだろう。

カフェオレとブリオッシュの載ったトレイを脇に置き、床に足を下ろす。明け方近くまで啼かされ続け、腰が立つのか心配だった。カクンと膝が崩れそうになったが、気合を入れればなんとか歩けそうだ。

ゆっくりと自室に戻って着替えをし、鏡を見て、首に残る赤い痕に慌てて絆創膏を貼ってから、晴も階下に下りていった。

タカギには、改めて謝りたい。男娼窟の元締めや売春の斡旋をしているなどと疑って、本当に申し訳なかった。それに、礼も言いたかった。どんなキッカケだったとしても、今、こうして桐谷といられるのはタカギのおかげなのだ。

昨夜の桐谷への厳しい一喝にも感謝したい。

『だったら、今、この子に言えよ！』

思い出すと、頬が緩んでくる。タカギへの感謝はとても大きい。

ヌックに続く家族用の居間に、タカギと桐谷はいた。

邪魔ではないかと聞くと、二人とも構わないと笑って頷く。昨夜の礼を言ってから、空いているソファに腰を下ろした。

「僕もひやひやした」

何度驚かされるのかと思ったと、ちょっと肩を竦めながらタカギは言った。

「桐谷が他人と暮らし始めたって聞いた時も驚いたけど、きみに会ってみたら、なんだか納得した。だけど、その後も、どうやって手を出せばいいかわからないとか悩んでるのを見て驚いたし、やっと手に入れた時は中学生みたいに舞い上がっているし……、とにかく何回も驚いた。あの桐谷が、鼻の下を伸ばしてデレるのを見る日が来るとは思わなかったもん。それで、今度は僕の目の前できみに逃げられそうになってる。いったい何をやってるんだって思ったよ」

でも、無事に仲直りしたみたいでよかったと、晴の首筋に貼られた絆創膏をチラリと見て微笑む。

それから、こんな日の朝に尋ねるのは無粋だと承知していたのだけれど、クルマを届けるついでもあったし、昨日、聞き忘れたこともあって寄らせてもらったのだと言った。「ごめんね」と謝られて、慌てて首を振る。

タカギはクリアファイルに挟んだ書類を桐谷に差し出した。

「昨日、呼び出したのは、ほんとはこれを確認してもらいたかったからなんだ」

厚みはないが、専門用語でびっしり埋まった紙を二通受け取り、桐谷がざっと目を通す。どちらも読み終えると、「いいんじゃないか」と頷いた。

「これでまだ何か言ってくるようなら、法廷に出る準備があると言っておけ」

「了解。助かった」

華麗とでも言いたくなるような笑みを浮かべて、タカギが礼を言う。それから、その笑顔を晴に向けた。

「じゃあ、後期からよろしくね」

「え？」

桐谷が「高城は南ヶ丘大学の教授になる」と補足する。

「そう。教授。准教授じゃなくて、教授ね。桐谷センセイより偉いんだよ」

晴は言葉が見つからず、唖然と口を開けて見つめ返していた。

「先生に、なるの……？　あのお店は？」

「あれは、趣味」

まったく状況が掴めない。タカギはにこにこ笑いながら説明を始めた。

「昨日は割愛したけど、実は僕、大学のセンセイもしてるんだよね。でも、前の大学でトラブルに巻き込まれちゃってさ。それで、桐谷にいろいろ世話になってたの。どうにか最初の揉め事は片付いたんだけど、ここにきて、またちょっと面倒なことになってて……。でも、それもこの書類で、一件落着！」

「一件落着、じゃないだろう。今度はへんなのに引っ掛かるなよ」

わかったよ、と軽く口を尖らせて、事情がのみ込めない晴のために、さらに細かい説明をしてくれる。

「桐谷センセイには守秘義務があるからね」

その説明によると、タカギは以前もある大学で教鞭をとっていたのだが、そこで女子学生の一人がタカギのストーカーになってしまったのだという。自宅にまで押し掛けるようになった彼女は、さすがにタカギが拒否すると、あることないこと、妄想をSNSで垂れ流すようになったらしい。

「家事をしにくるとか言い出すから、怖くなって断ったんだよ。そしたら、いつの間にか、僕が住み込みの学生ハウスキーパーにセクハラしたって話になっててね。驚愕の展開にただただ呆然としてたら、なんだかどんどんおかしな噂が広がっちゃって……」

（ん……？）

なんだかどこかで聞いたような話だ。奇妙な一致を感じつつ、タカギの話に耳を傾ける。

「で、その子が理事の娘だったもんだから、こじれるこじれる。それで一回、桐谷に頼んで無実と潔白を証明してもらった。でも、今度はなんだかもみ消したみたいな話になって、尾ひれが付いた噂話もどんどん広がっちゃうしで、結局、大学は辞めることになったんだよね」

すごく聞き覚えのある話だ。田沢や亜衣が言っていたのは、このことではないだろうか。

とりあえず「……大変、でしたね」と労いの言葉をかける。

「うん。大変だったの。でも、それでやっと片が付いたと思ってたら、今度はトリエンナーレの通知が来てさ。解雇は撤回だとかって、大学側が言いだして……、勝手すぎるでしょ？」

「トリエンナーレ？」

なぜここでトリエンナーレが出てくるのだろう。首を傾げた晴に、タカギは「あれ？　ちょっとショックかも……」と言って、頬に両手を押し当てた。

意味が分からず困惑する晴に、桐谷が「ほら」とタブレットを差し出す。

「三日前のニュースだ」

端末に表示された記事を読んだ晴は、驚きの余り、勢いよくソファから立ち上がった。

「高城玲二……⁉」

画面の向こう側にいるのは、見間違いようのない華やかな美形の男だ。

（し、しかも……）

「き、『金の定規賞』って……っ」

イタリアの芸術祭トリエンナーレの建築部門最高賞。三年に一度開催される芸術祭は、エントリーを認められるだけでも相当な名誉だ。レベルが高く、これまでにエントリーを果たした日本人建築家は片手にも満たない。最高賞の受賞は初の快挙だ。

「建築学科の学生さんに認知されていないようじゃ、僕もまだまだだなあ」

「ち、違……っ、このところ、ぼく少し変で……」

こんな大きなニュースを見逃していたことが恥ずかしくなる。晴の頭の中で「タカギ」の名が「高城」に変換された。

——高城玲二。

その名前は以前から知っていた。高城玲二は、ここ数年で頭角を現し始めた新進気鋭の建築家だ。店舗設計や複合商業施設の企画で高い評価を得ている。一般の認知度はまだそれほどではないが、建築学科の学生ならば、名前を知っていてもおかしくない。

成瀬以来、十数年ぶりになるトリエンナーレへの出品で話題になったばかりだ。

（全然、気づかなかった……）

派手な容姿に惑わされ、なぜだか怪しい仕事の人だと思い込み、「タカギ」という名と「高城玲二」とを、全く結びつけることができなかった。高城玲二が、これまで一度も顔写真を公開しなかったせいもある。

「この建物……」

タブレットには、昨日訪れた店とよく似た建物が写っていた。

「高城にしては、尖った設計だな」

「斬新だと言ってほしいな」

呆然と立ち尽くす晴の手から、桐谷がタブレットを受け取って軽く操作する。

「高城の設計は、常にクライアントの希望を最重視する。だから、いろいろなタイプの作品がある」

桐谷がいくつかの画像を晴に見せた。見慣れたレンガ造りの建物が目に飛び込んでくる。

「この家の改装を手掛けたのも高城だ」

「え……」

いつか桐谷が連れていってくれたビストロもそうだと言われて、晴は驚いた。他にもいくつか画像が続く。古民家を改装したカフェや、町屋の古書店、ごく普通の一般住宅もある。どの建物も美しかったが、特別目立つような個性はどこにも見当たらなかった。

あれほど斬新で、誰も思いつかないような、まさに才能が迸るような作品を作るのに、こんなに静かな仕事もするのかと不思議になる。

けれど、そう思う一方で、根底に息づく何かが、どこかで共通しているようにも思えた。

「ほんとに、いろいろある……」

「クライアントの希望を叶えるのが、プロだからね」

ここ最近の高城玲二の作品群を思い浮かべて、晴は頷いた。飲食チェーン店の旗艦店、個人のショップ、地方都市の駅舎や図書館など、タブレットの中の写真と同様、それらの建物は顧客のニーズを最優先に考えられていた。デザインやコンセプトはさまざまだ。けれど、どの建物も例外なく美しかった。

顧客の希望が第一だと言いながら、高城の設計は決して平凡なものではなかった。事実、専門家からは常に高い評価を得ているし、洗練された美しい建物は、高城玲二の名前を知らない一般人からも愛されている。去年、郊外に建てられた大規模ショッピングモールは、自然と調和した造りに注目が集まり、専門誌が選ぶ年間グランプリと一般情報誌の「最も好きなショッピングモール」の第一位をダブルで獲得していた。

「でも、お客さんに出せないプランも、たまには試したくなるじゃない。模型やＣＧじゃなくて、やっぱり実物を作ってみたくなって……。それで、あの店を始めちゃった」

「最初から、自分のお店にするつもりで……？」

「うん。だって、あれはお客さんには売れないから。デザインがどうとかじゃなくて……」

「ああ……」

晴は、ちょっと笑って頷いた。

「わかるのか?」

桐谷に問われて再び頷く。最初に見た時に気づいた。あの美しい建築物には、レストランとしての唯一で最大の欠点がある。

「高低差が……」

「うん」

高城もちょっと笑って頷いた。

「あの高低差は、やっぱりウエイター泣かせだったよ。上り下りの多さに音を上げる子がほとんどで、人材の確保には本当に苦労してる」

とてもじゃないが、他人に売ることはできないと笑う。

「即、クレーム案件だよ」

それでも、と晴は思った。その欠点を内包してこそ、あの建物は美しいのだ。

実用性と安全性、快適さ、コスト、工期、法的な問題……さまざまな制約の中で、必ずしも「美しさ」だけを追求することが許されないのが「建築」という芸術だ。建築は、常に何かを捨て去ることを宿命にしている。

全ての条件を満たすことはなく、欠けていることを許し、どこかを諦めて、捨てて、ようやく見つけることができる美なのである。正解のない解。最後は自分の感性だけで選び取る覚悟が必要で、決して後戻りはできない。

その覚悟こそが、作り手の生き様であり作品の命になるのだろう。

クライアントの要求を最大限に生かすことも一つの選択だし、譲れない部分を押し通すのも選択だ。ギリギリまで均衡するのもまた選択なのかもしれない。それらを安易に流し、向き合うことから逃げれば、その結果は必ずどこかに現れる。そして、長い年月の中で、いつか多くの人に見透かされるのだ。

ふと成瀬の作品群が脳裏に浮かんだ。

いつからか輝きを失った強い個性。そこに落ちた影は、迷いによるものだったのだと気づく。選択し、捨て去る覚悟を、成瀬は失くしてしまったのだ。

週明けの工学部校舎は騒然としていた。

「は、晴っ！　晴、大変よ！」

亜衣が大量の建築雑誌を抱えて走ってくる。田沢が呆れた様子で頭を左右に振りながら、その後ろをついてきた。

「成瀬先生の後任て、高城玲二なんだって！」

「あ、うん」

もう発表になったのかと思いつつ「トリエンナーレの……」と言いかける。亜衣が先に叫んでいた。

「すっごいイケメンの！」

見てよ、と大量の雑誌をベンチの上に広げる。そこには、これまであまり表に出ることのなかった高城の顔写真がグラビアアイドル並みに掲載されていた。見栄えがいいのは確かだが、これだと建物の写真より多いのではないかと心配になるほどだ。

「あたしの願いが届いたんだわ」

「願い？」

「桐谷先生みたいなカッコいい先生が、工学部にも来ますようにって」

嬉しい、と晴と田沢の手を取って、亜衣がぴょんぴょん跳ねる。

「顔だけじゃなくて、実力も伴ってるところが、桐谷先生と互角な感じでいいわ。リサに自慢しなくちゃ」

いそいそとスマホを取り出す亜衣の向こうに、噂の高城の姿がチラリと見えた。建物の陰から、こそこそ顔を出している。

「あ……」

晴が気づいたことを確認すると、無駄に大きなサングラスをずらしてアイコンタクトを送ってきた。カモン、とでも言うように顎をしゃくる。

リサとのメッセージに集中する亜衣を田沢に託して、晴はラウンジの裏手に続く狭い通路に入っていった。

高城の姿が見えるところまで行くと、ちょうど、川本が去ってゆくところだった。いつも通りの穏やかさで、川本は軽く微笑んでから立ち去る。晴も会釈を返した。

高城は「川本先生に挨拶に来ただけなのに……」と眉を寄せて言う。

「着任のことが、もう掲示板に出てるとは思わなかった。心の準備ができていない」

そう言って、こそこそ人目を避ける姿がなんだか可笑しい。長い金髪のほうが目立つのに、サングラスをしても無駄ではないかと指摘すると、ムスッとした顔でサングラスをバッグにしまいこんだ。

「今回の受賞で顔出しをしてからさ、なぜか建築とは関係のない取材が増えて困惑してるんだよ。建物で評価されたかったら、顔は出すなって言われた意味が、なんとなくわかった気がする」

「大変ですね」

「慣れるしかないけどね」

現実との折り合いを大事にする男は、諦めたようにため息を吐いた。

「川本先生とお知り合いなんですか？」

「まあね」

敬語、やめてね、と言われるが、急にはちょっと難しい。

「昔、成瀬先生の研究室で一緒だったんだ」

「高城さん、成瀬先生の研究室にいたんですか？」

「うん」

当時、成瀬は桐谷や高城が在籍していた日本一難しい国立大学の准教授だったらしい。成瀬の経歴を思い出せば、確かにそんなことが書いてあった。

成瀬が南ヶ丘大学に籍を移したのは、およそ十年前、高城がまだ大学院にいた頃だと教える。ふと、いつか桐谷が言っていたことを思い出した。

『あいつなら知っているかもしれないな』

あいつとは、高城のことだ。

「あの、じゃあ、高城さんは、成瀬先生が設計した、先生の出身地の博物館と市民ホールのことを、何か知りませんか？」

高城は真剣な表情になって「桐谷から、聞いた」と言った。

「晴くんの想像通り、あの建物を設計したのは川本先生だよ」

「やっぱり……」

「正確には、川本先生が形にしようとしていたものに、まだ学生だった僕が少し手を加えて図面にしたんだけど」

「え……」

高城はどこか遠くを見るように、淡い色彩の目を細めた。

「出来上がった図面を見た時の川本先生の顔は忘れられない」

そう言って、ふうっと深い息を吐いた。

「なんて言うか、絶望と安堵が入り混じったような表情だった。だから、僕は、自分のしたことは間違っていたのかと思って、不安になった」

「不安に、ですか？」

「うん。その答えは、今もわからない。だけど、その時の川本先生は『こういうふうにしたかったんだ』と言ってくれたんだ。だから、僕は、安心してしまった」

高城は一度言葉を切って、「僕は昔から、誰かの希望を汲むことだけは得意だったみたいでさ」と続ける。

「川本先生があの建物に、特に中庭の設計にこめた独特の優しさを、もっと引き出すような形にしただけのつもりだったんだ。そしたらさ……」

当時を振り返るように目を閉じて、高城は息を吐いた。

「あれはいい建物になったと思ってる。優しくて、何もかもを許すようで……。僕は、あれを聖母マリアの従順を思い描いて図面にした」

「マリア様の……?」

「マリア様はね、天使から受胎告知を受けた時、その驚くべき出来事を、ただ受け入れたんだ。『おっしゃる通りになりますように』って言って。処女でありながら自分の腹に神の子を宿したと知って、ただそのことを受け入れたんだよ」

(おっしゃる通りになりますように……?)

「諦めたみたいに聞こえるし、自分の意思を持たないようにも見える。でも、そうじゃないんだ。全てを許して受け入れることは、究極の愛の姿勢なんだよ。僕は、それと近い気持ちを、川本先生の最初の図面から感じた。だから、あんなふうに少しだけアレンジして、その愛の姿を際立たせようとした」

（愛の、姿を……）

光の庭。

簡素で飾り気がないのに、どこまでも美しい空間。

思い出の中の晴の原点が、瞼の奥に浮かんだ。あれは、究極の「愛の姿」だったのだ。

「だけど、その愛と優しさは、同時に川本先生から成瀬先生への復讐でもあったんだね」

「復讐？」

「そう。それを川本先生が自覚していたかどうかはわからない。でも、成瀬先生の弱さや汚さや歪み、アクの強い才能を支える全部を、ただ許すことによって、川本先生は奪ってしまったんだと思う」

晴は目を瞠《みは》った。

「そんな……」

あの市民ホールが建てられた後から、確かに成瀬は力を失い始めた。それが、あの建物の存在そのものを原因にしているというのだろうか。

「あの頃の成瀬先生は忙しかったから、ホールがずいぶん出来上がってから現場を見にきた。そして、それからすぐに、僕や川本先生を残して研究室を去ってしまったんだ」

その後、川本は講師として南ヶ丘大学に採用されたが、高城や他の学生は自力で研究室を探す羽目になった。王道コースから外れてしまい、何年か余分に苦労することになったのだと眉を寄せてため息を吐く。

「あれは作るべきじゃなかったのかなぁって、今でも川本先生と僕は思うことがあるんだ。だけど、やっぱり、作らずにはいられなかったと思う。だって……」

美しいだろう?

囁くように続けられた言葉が、晴の胸に静かに響く。

美しい。だから……。

(作らずにいられなかった……)

晴の脳裏に故郷の市民ホールの美しい庭が浮かぶ。

「ぼくは、あの市民ホールがなかったら、ここにいなかったと思います」

わざわざ東京に出て、母に苦労をかけながら一人暮らしをして、今の大学に通うこともなかった。

桐谷に出会うことも……。

「うん」

目を閉じて、高城は静かに微笑んだ。

クリーム色の塀と深い緑色の門扉を見上げてスマホを操作する。ガチャン、と音を立てて壮麗な門扉が内側に開く。慣れた足取りで、晴は石のアプローチを進んだ。庭を彩る初夏の花を愛でながら、白い玄関ドアを目指す。

木々の枝の向こうに、赤いレンガの壁が見えてくる。規則正しく並んだ白い窓。ジョージ王朝スタイルの、懐かしい温もりを感じる大きな洋館。

初めて目にした日から、晴の好きな家だ……。

（あれ？　玄関が、開いてる……）

開け放たれた白いドアに向かって駆けていくと、中から背の高い男が出てきた。

この家の中で、晴が一番愛しているもの。

「おかえり、晴」

「先生、いつ帰ってきたの？」

「つい、さっきだ」

会合が一つキャンセルになったのだと教える。

「晴、挨拶は？　それと、名前」

晴は素直に従った。

「ただいま。恂一郎さん」

「ああ。おかえり、晴」

抱擁とつむじへのキス。次に続く深いキスの前に、桐谷は小さく笑って囁いた。

「愛しているよ、晴」

「うん。ぼくも。恂一郎さん、愛してる」

【ショートストーリー】

桐谷恂一郎の受難

桐谷の眉間に深い皺が刻まれる。

視線の先では、晴が無防備な姿でペットボトルの水を飲んでいる。桐谷は黙ってそれを見ていた。

行為の後で風呂に入れ、桐谷の手で丁寧に清めた。今、晴の肌は清潔そのものだ。

けれど晴は、自分の身体を見下ろして小さく眉をひそめている。細い指が、桐谷の残したいくつもの所有印をゆっくりとたどった。

ふだんなら悩ましくなるような仕草だ。だが、晴はじっと赤い痕に視線を注ぎ、桐谷を責める言葉を口にした。

「つけないでって言ったのに……」

数時間前のベッドの中での会話が桐谷の脳裏によみがえった。


「あ……」

いつものように甘い唇をひとしきり貪った後、桐谷は晴の肌に舌を這わせた。

鎖骨の窪みを舐め、肩に続くラインに軽く歯を立てる。右手の指を晴の左手に絡ませ、空いた左手の指先で薄紅色の突起を押しつぶした。

重ねただけの下肢を軽く揺らすと、晴が甘く声を零す。

「あ、あ……」

たまらずに白い肌をきゅっと吸い上げた。

「ああ、ん……あ、だめ」

「だめ、じゃないだろう」

反射的な睦言だろうと笑った桐谷に、官能に潤み始めた晴の目が一瞬現実に戻った。

「ううん。だめ」

桐谷の手が止まる。小さな頬を包み込んで問うように見つめると、晴は少し気まずそうに目を泳がせて言った。

「痕、つけないで……」

「どうしてだ」

「プール行くの。田沢たちと……」

「プール……?」

晴はこくりと頷いた。

「だから……」

晴の若い肌は数日で赤い痕を消し去る。それも追いつかないくらいに桐谷は所有の証を刻み続けていた。白い肌には常にいくつもの赤い花が咲いている。その痕を誰かに見られては困ると晴は言っているのだ。

桐谷の胸に仄暗い嫉妬の炎が点った。

大人気ないことは承知。だが、どうにも収まらないその炎に煽られて、桐谷はいつにも増して深く晴を求めてしまった。いや……と泣いて逃れる腰を引き戻し、己の楔で奥まで穿った。

初めにあんなふうに手折ってしまったことを桐谷は深く悔いていた。何も知らない晴に、甘さよりも先に激しさを教えてしまった。そのことが可哀そうでならないと思っていた。だから、手に入れてすぐの、嬉しさに歯止めが効かなかった時期は別として、最近は努めて穏やかな行為を心がけていた。

あまりの愛しさ、可愛さに、つい度を越してしまうこともしばしばあったが、それでも極力自制するよう努力はしていたのだ。甘く啼かせても、晴が涙を流すほどの激しい行為は慎むようにと、己に言い聞かせて……。けれど、今夜は無理だった。

「あ、あ、いや……、先生、ああっ、強……い……っ」

晴の足を高く掲げ、上から突くようにして深く身体をつないだ。根元を戒め、達することを禁じたまま中を抉るように抜き差しすると、晴の目から懇願の涙が零れ落ちた。

「いやぁ……、お、お願……っ」

ああ、と背中を反らせて左右に首を振る晴を、力任せにきつく抱き締め、身体中のありとあらゆる場所に赤い所有印を刻んだ。

官能の頂点に上り詰めたままの晴に、もはや冷静な制止の言葉を発することはできない。

吸い上げる度に、魚のようにビクビクと震え、涙を零す。その様を見て、桐谷の中にようやく安堵と満足がよみがえった。

(晴は、俺のものだ……)

涙に濡れた頬に口づけ、口腔を舐め、深くつないだ場所で晴の存在を確かめた。

「晴、愛しているよ」

耳元で囁きながら、ようやく戒めを解いて晴に到達を許した。

甘く幸福な吐息を漏らして晴が達すると、敏感になった身体に刻み付けるように、腰を前後に揺らし奥まで深く貫いた。そのまま己を注ぎ込み……。

それでもまだ収まらない熱を感じ、一晩に二度までと自ら定めた掟を破って、久しぶりに何度も交わった。切ない喘ぎを漏らし続ける晴に溢れるほどの精を注ぎ、腰の奥が蕩けるような甘さに身体を震わせた。

体温を上げた晴の身体が放つ甘やかな汗の香り。その芳香を吸い込み、しっとりと濡れる肌を舌で味わい、長い夜が与える快楽に心ゆくまで浸った。


桐谷の眉間の皺が深くなる。

目の前でしゅんとしょげている晴に、罪悪感が募り出す。

晴はまだ若い。友だちとプールに行くのを楽しみにしているはずだ。十四歳も年の離れた恋人を、狭量な自分の料簡で縛るわけにはいかない。可能な限り晴の望むことは叶えてやらなければ……。

プールに行きたいのなら行かせてやればいい。晴の幸せが桐谷の願いだ。

(しかし……)

あまりの苦悩に桐谷はついにぎゅっと目を閉じた。

肌に残る痕など問題ではないと、桐谷は思っていた。それよりも、男なら必ず目を留めるはずのあの場所が気になって仕方がない。

晴の白く薄い胸に咲く二輪の小さな花。薄紅色の先端が、男を知って尖りやすくなっている。あのいやらしくも可愛らしい場所を、ほかの男に見せるわけにはいかないと思った。

その場所を隠しもしないでベッドの上に座る晴に、桐谷はゆっくりと近づいた。背中から晴を抱くようにして自分もベッドの上に乗る。

「晴……」

きゅっとそこを摘まむと、とたんにあえかな吐息が漏れる。

「あ、先生……」

さすがに今日はもう、と油断していたのだろう。晴の肌がさっと赤く色づく。

問いの滲んだ眼差しを向けられ、その顔の艶っぽさに危うく桐谷の下肢に熱が戻ってくる。理性を総動員して冷静を保った。

「晴、この場所をほかの男に見せたくない」

真摯に告げると、晴はもぞもぞと身体の向きを変えて桐谷に向き合った。

「えっと、ぼく……、日焼けするとすぐ赤くなるから、ラッシュっていうの着るし……」

「ラッシュ？」

「ラッシュガード……」

もごもごとそう口にする。ラッシュガードは紫外線から肌を守るために上半身を隠すウエアのことだ。晴の言葉の意味を理解し、桐谷の表情が急速に緩む。

「それなら痕が残っていても気にすることはないだろう」

「着替える時とか……」

「着替える時にでも、人に見られないようにしなさい」

つい先生口調になって言うと、晴は「はい」と素直に頷いた。

生地の上からでも尖りが目立つといけない。念のため、大切な部分にはさらに絆創膏などを貼って保護するようにと言い添えた。晴がまた素直に頷く。

ようやく桐谷は安心した。晴にパジャマを着せると腕に抱くようにして眠りに就く。

肌を重ねている時も愛しいが、こうしてただ抱いているだけでも愛しくてたまらない。悩みの一つもなさそうな穏やかな寝顔を見つめ、至福のひとときを味わった。


翌週の土曜日に晴は田沢ほか数名の友人と、某市の市民プールに出かけていった。

『波の出るプールもあるんだって。あと、滑り台も』

『ウォータースライダーというやつか』

『うん。そんなに大きくはないみたいだけど』

ウキウキと楽しそうに準備をする晴の持ち物に、桐谷は抜かりなく目を光らせた。ラッシュよし、絆創膏よし……。完璧だ。

そして、晴が出かけてしまうと、おもむろに紺色のメルセデスに乗り込んだ。エンジンをかけ、某市にある市民プールの住所をナビに入力する。

三十分ほど走って到着した郊外の市民プールは、家族連れやカップルでかなり賑わっている。晴たちのような学生のグループも多い。三十代の男が一人というのはやや目立った。

サングラスをかけ、帽子を深くかぶり、ビンテージもののアロハシャツに身を包んでプールサイドに立った。端から順に視線を走らせ、少し離れたところに晴たちのグループを発見した。

晴は紺色のラッシュを身に着け、しっかりと肌を隠していた。

桐谷は「よし」と頷く。晴を信じて、痕を残さずに我慢した日々が報われた気分だ。

有料のパラソルを借り、日陰を確保すると、ノンアルコールビールと英字新聞を片手に落ち着く。そして、おもむろに双眼鏡を取り出し、晴の観察を楽しみ始めた。

長袖の紺のラッシュと、同じく紺色のひざ丈のゆったりした水着を着た晴が、ビーチボールを追いかける。ボールのスイカ模様が日差しにピカピカと輝いていた。

やはり、可愛い。

おそらく世界で一番可愛いのではないだろうか。

田沢という男は信用できると思っているが、いつ晴に心を奪われるかわからない。ほかの男たちも、いつどんなやつが近づいてくるかわからないので危険だ。

桐谷はつい、熱心に双眼鏡ばかりを覗いていた。

「もしもし」

頭上で人の声がしたが無視する。

「もしもし。あなた、ここで何してるんですか」

目の前を塞がれて、桐谷は顔を上げた。警備の腕章を付けた男が二人、桐谷を見下ろしている。

「何とは？」

「さっきから双眼鏡を覗いているだけのヘンな人がいると、何人かのお客さんから通報がありましてね」

怪訝な表情で見上げていると「あなたのことですよ」とムッとした顔で告げられる。

「ちょっと、あちらでお話を伺いたいんですがね。ここへ来た目的と、どうして双眼鏡ばかり覗いているのかを、詳しくお話しいただけますか」

両側からガッシと腕を取られて、桐谷は表情を険しくした。

「何をする。ちょっと待ちたまえ」

「逆らうと警察を呼びますよ」

「警察？　なぜだ」

もみ合ううちに彼らの口調が厳しくなった。

「大人しく事務所まで来るんだ」

「待て。理由を……」

その時、スイカ模様のボールが足元に飛んできた。

サングラス越しの青みがかった世界を、ボールを拾いに走ってきた晴の姿が横切る。スイカボールを脇に抱えて、不思議そうに首を傾げてこちらを見た。

桐谷は慌てて背を向け、警備員である二人の男よりも前に出ると、率先して事務所のある建物に向かって歩き出した。


「ただいまー」

「おかえり、晴。楽しかったかい」

晴はニコニコしながら頷いた。その顔が少し赤いのは日焼けのせいだろう。

「危険な目には遭わなかっただろうな」

桐谷はわずかに眉根を寄せた。結局、あの後、警備員室で長い話をすることになり、最終的には身分を明かし、調査の一貫だと適当なことを告げて帰ってきた。最後まで晴を見守ることができなかったのが悔やまれる。

「大丈夫だったけど、変質者の人がいてちょっと怖かった」

「何？　変質者だと?」

「うん。双眼鏡で、ずっとぼくたちのほうを見てたんだって。警備の人が連れてってくれたからなんともなかったけど」

だったらよかったが、と桐谷は息を吐き出した。世の中、油断も隙もあったものではない。双眼鏡などで晴を着け狙うとは。変態め。許せん。

晴を抱き寄せて無事を確かめる。実に愛しい。

「でも、変質者にしては背が高くてカッコイイ感じだったんだよ？　帽子とサングラスで顔はよくわからなかったけど。少しだけ、先生に似てたかも」

「そうなのか？」

何かが引っ掛かる。なんだろう。

（帽子とサングラス、双眼鏡、警備員……？）

その何かがじわじわと胸に広がり始める頃、桐谷のシャツに頬を押し当てていた晴が、ふと身体を離して呟いた。

「あれ……？　このアロハシャツ」

瞬時にすべてが一つにつながった。直後、桐谷の背中を冷たいものが走り抜ける。

自分を悪人の側に置くことに慣れていないせいで、事態の把握が異常に遅れてしまった。だが、どうやら晴を着け狙った変態とは桐谷自身のことらしい。

晴がじっとシャツの柄を見ている。

「これって、珍しい柄？」

「……い、いや。そんなことはないだろう。どこにでもある安物だ」

嘘だ。ビンテージの一点ものである。おそらく二つと同じものはない。誠実を心がけているくせに、最近嘘が増えた。

動揺で視線が泳ぐ。ビーチボールを抱えた晴の可愛らしい姿が、フリーズした頭の中を軽やかに横切ってゆく。額に汗が滲んだ。

首を傾げた晴が、その額をじっと見あげた。赤く日に焼けているであろう額を……。

「ス、スイカがあるぞ。鳥取から届いた。冷蔵庫に……」

話を逸らせようとするが、晴の傾げた首が戻ることはなかった。

窓の外には蝉時雨とソフトクリームの雲。桐谷の額から汗が一滴、何かを諦めたようにポトリと落ちた。

【ショートストーリー】

silent night

床暖房を全面に敷き詰めた高城の設計は、正解だった。足元が暖かければ、広い居間の暖房も暖炉の火だけで事足りる。

祖父の遺したマホガニーのアンティーク家具、中身は最新鋭だが見た目だけは重みのあるキニンガーのホールクロック、ガレのランプ、ラリックのパネル、それらの調度に古い暖炉は良く似合う。そんな言葉とともに、晴は嬉しそうに赤い火を見つめていた。

だから桐谷は、この冬の暖房はエアコンではなく暖炉をメインに使おうと思った。冬の長い夜を晴が楽しめるなら、メンテナンスや燃料の手間など少しも気にならない。

目を通す必要のある書類の束を書斎から持ち出し、炎を囲むソファの一つに腰を下ろす。床に座り込んで課題の模型に取り組む晴が視界に入り、椅子の位置に満足した。

冬になり、いっそう抜けるように白く透き通った肌を、赤い炎が揺れながら照らしている。温められた頬がかすかな薄紅色を刷いて輝いていた。

その滑らかさを今すぐにでも確かめたくなり指を伸ばしかけるが、琥珀の瞳に浮かぶ集中の色を認めて、ぐっとこぶしを握りしめ、なんとか衝動に堪えた。

昨夜も課題の邪魔をした。

桐谷が求めれば、晴は決して「否」とは言わないのだが、しかし、あまりにも頻繁に見境なく求め過ぎていては、いつか愛想をつかされるかもしれない。今は自重したほうがいいだろう。

書類の束に視線を戻し、気になる点に簡単なメモを書き込みながら手早く処理を終えてゆく。最後に残った厚い綴りを引き寄せると、それを眺めてしばし思索にふけった。

何度も検討を重ねている。

手にした書類は、大学の講義に関するものでも、自身が経営する法律事務所が依頼を受けたものでもなかった。厳密には、まだ仕事とも呼べないものだ。

だが、今の桐谷にとって、なんとしてでもやり遂げたい最重要課題の一つである。

時間のかかる作業だ。そして、気の遠くなるような手間と人脈と根回しを要する。それでも、これを成し遂げることが桐谷に与えられた使命だと思った。ほとんど生涯唯一の使命と言っても過言ではない。

ある法案を国に提出する。

その法案が可決され、法律として制定されるのを見届けるのが桐谷の願いだった。その法律は多くの人に希望を与える。

おそらく桐谷がこの世に遺すレガシーとなる。

そして何より、晴を幸せにする。だから失敗は許されない。万全を期して挑まなければならないと決意を新たにした。

黙考していると、遠慮がちな声が耳に届いた。

「先生、何か温かいものいれる?」

気付けば、晴が一段落した建築模型を片付け始めている。

「ああ、そうだな……」

「珈琲と紅茶、どっちがいい?」

少しアルコールが欲しかった。そう口にすると嬉しそうな笑みが返される。

「今日はもう、お仕事終わり?」

「ああ」

桐谷も笑みを返して頷くと、暖炉の炎がパチリと跳ねた。厚い綴りをほかの書類の上に重ね、藍色の風呂敷に包んで隅に寄せる。

パチリと再び炎が爆ぜる。桐谷は頭を切り替えた。

静かな夜だった。

晴と一緒にキッチンに向かい、バカラのグラスにアルマニャック・ド・モンタルを注ぐ。晴も飲むかと目で問うと、慌てて細い首と手を同時に振る。桐谷の口元にふっと笑みが浮かんだ。

ワインや日本酒にはだいぶ慣れてきたようだが、強い酒を口にすると晴は時々せき込むようにむせるのだ。そんな様子を思い出しても可愛くて仕方がない。まだ二十歳になって間もないのだから、無理もないことなのだが。

「でも、ちょっとだけホットミルクに入れてもいい?」

「好きなだけどうぞ」

コンロの火力を調節している晴にボトルを託した。一九二〇年産のモンタルは、一本がざっと五十万はする希少品だが、そんなことは、晴が知らなくてもいいことだ。

先に居間に戻った桐谷は、赤々と燃える炎を前にして座り、ゆったりとアルコールを口に含んだ。芳醇なブランデーの香りが酷使した脳を宥《なだ》めてゆく。

師走の街はまだ、イルミネーションと幸福な喧騒に包まれている時刻だ。だが、その華やかなざわめきも、桐谷邸を囲む邸宅街にはかすかな気配を運ぶだけだった。

やわらかな静けさが窓の外を満たしている。

出入りのガーデニング業者に依頼して晴のために施したイルミネーションが目に入った。去年の冬まではなかったものだ。やり過ぎない程度の上品な光をぼんやりと見つめ、桐谷はぽつりと呟いた。

「クリスマスか……」

とたんに、なぜか頬が緩み始めた。

特定の相手に心を傾けたことのない桐谷にとって、恋人と過ごす初めてのクリスマスなのだ。いい年をして、などと自分を戒める隙もないほどの幸福感が、にわかに胸に込み上げてくる。

「先生、どうしたの?」

「何がだ?」

「なんだか、すごく嬉しそうに笑ってたから」

「ああ」

ホットミルクのカップをテーブルに置かせ、膝に乗せるようにして晴を抱き寄せる。キスをしているうちに我慢できなくなって、シャツの下に指を忍ばせ肌を探った。小さな肩甲骨をくすぐると甘い吐息が零れ落ちる。

「ん……」

「晴」

鎖骨に舌を這わせながらソファに押し倒した。

だが、その瞬間、濃いブランデーの芳香に鼻孔をくすぐられ、湯気を立てているカップの存在を思い出してしまった。

「………」

数秒迷った末に、桐谷はしぶしぶ手の動きを止めた。指の下で凝り始めていた桜色の可愛い突起が、その指を引きとめるように震えている。

辛い……。だが、自重しなくては。

また見境を失くしてしまうところだった。桐谷は厳しく自分を律して、晴の上から起き上がった。

「ミルクが冷めるな……」

名残惜しさを押し隠して呟くと、晴もはっとしたように目を見開き、顔を赤らめてゆっくりと身体を起こした。

手早くシャツの乱れを直すと、カップを取って照れ臭そうに隣に収まり、両手で持ってふうふうと吹いて冷ます。

そのすべての仕草が愛おしい。

「……クリスマス、何作ろうかな」

甘そうな白い液体を舐めながら晴が呟く。

実家にいた頃は出来合いのローストチキンとスープ、イチゴのホールケーキと決まっていたらしい。家族そろって食卓を囲み、プレゼントを交換するのが恒例で、それだけでとても嬉しかったのだと微笑んだ。

「今年も母さんと雪に、プレゼントは郵送したんだけど……」

クリスマスはもうすぐだ。チラリと視線を向けてから、少し言いにくそうに晴が口を開く。

「あのね、先生にも何かって考えてるんだけど、何がいいかわかんなくて……。先生、何か欲しいものある？　ぼくに買える範囲で……」

頬が赤い。桐谷は片方の眉を上げて晴を見た。

これは何かを、ほんのわずかに恥じている時の表情だ。おそらく困惑も混じっている。

晴の中にはまだ、桐谷の経済力や生活水準に対する戸惑いが払拭しきれずに残っているようだった。生来の素直さと若さからくる順応性が、無駄な引け目や居心地悪いほどの遠慮は遠ざけたようだが、今回のように自分から何かを贈ろうと考えた時、通常桐谷が身に着けている品物を鑑みて悩んでしまうのだろう。

「ごめんね。あんまりいいものあげられなくて……」

そんなことを恥じる必要などないのに、赤い頬のまま俯く晴が愛しくて仕方ない。

何もいらない。

けれど、そう告げたのでは晴は寂しがるだろう。だから、より正確な言葉を告げることで、それを示した。心の奥に隠し持っている、ある思いも滲ませて。

「俺は、晴が欲しい」

実際、桐谷は晴がいればほかに何もいらなかった。

だが、案の定、晴は唇を尖らせる。

「そんなの、もう……」

自分はとうに、文字通り身も心も桐谷のものだと、どこか拗ねたように濡れた瞳を向けてくる。

「わかっている。だが俺は、本当に晴がいればいいんだ。それだけが望みだ」

本当に。

だから、ずっとそばにいてくれと心で願った。

桐谷が心底望んでいることを口にしたら、晴はどう思うだろうかと、かすかな怯えが頭をもたげる。

「晴……」

「はい」

「かわりに、俺からの贈り物を受け取ってくれないか」

「受け取るだけ？」

「ああ。だが、それが俺の『欲しいもの』だ」

不思議そうに首を傾げる晴を、自身の怯えを払うように腕の中に捉えた。

晴の全てが欲しい。身体だけでなく、心だけでなく、未来永劫、この世界の終わる日まで……。

三度目の衝動が桐谷を苛む。

そこにかすかな焦燥が混じるのを知り、もはや抗うことはできなかった。本能に突き動かされるように晴に手を伸ばすと、この夜もまた甘美な蜜に溺れていった。


イブに間に合わせるためには、そろそろ注文したほうがいいのだろうか。むしろ遅すぎるかもしれない。

母や姉が贔屓にしているグランサンクからブシュロンかメレリオにするか、高城が勧めるハリー・ウィンストンかカルティエ、あるいはブルガリを見てみるか。

情けないことだが、今までこうした贈り物のことなど考えたことがない。経験のない桐谷は、勝手がよくわからずネットに頼るしかなかった。

タブレットを流れてゆく画像を眺めていると、ブルーの箱に結ばれた白いリボンに目が留まった。

(ティファニーか……)

いいかもしれない。

世界五大ジュエラーにして、清楚さと可憐さを兼ね備えている。明るいブルーの包装紙も晴にぴったりだ。そういえば寝室にあるアンティークのティファニーランプを、晴はひどく気に入っていた。悪くない。

ざっと眺めてデザインを確認する。

石は必要ない。

すると意外なほど安価で――もちろん、ブランドの格を考えれば、という意味だが――、思わずゼロの数を確かめた。

しばし悩む。だが、大切なのは価格ではない。どれほど高価であっても構わないのと同じで、安価であることも障害にはならないだろう。

問題は、晴が本当に受け取ってくれるかどうかだ。それだけが気がかりだった。


その週の土曜日、何度か一緒に行ったことのあるフランス料理店に晴を誘った。一般住宅を改装した建物の小さく仕切った個室の狭さが落ち着くし心地いいと、晴がとても気に入っている。

いつもより早い時間に食事を終えた後、桐谷は紺色のメルセデスに晴を乗せた。そして、高城の店に近い、表通りに高級ブランドショップが立ち並ぶ界隈に向けてクルマを走らせた。

「高城先生のお店に行くの?」

「いや」

ハンドルを握ったまま、桐谷は言葉を探す。晴が不思議そうに桐谷を見ている。

心臓がざわざわとざわめいていた。息が苦しいほどの緊張感を隠して、平静を装う。こんなことも初めての経験だ。

「……晴のクリスマスプレゼントを、見に行こうと思う」

ようやくそう口にすると、助手席をチラリと見た。照れ臭そうに微笑む晴を視界の隅で確認する。

「晴、その贈り物の件だが……、俺がこれから話すことを聞いて、もし無理だと思ったら、気にせずに断って欲しい」

桐谷の横顔を見上げていた晴は、戸惑いながらも素直に頷く。

心臓が早鐘のように打っている。呼吸を整えて、一気に言った。

「晴に贈りたいのは指輪だ」

「指輪……？」

「そう。石のない……」

石のない指輪は、永遠に途切れることのない愛を意味する。

「マリッジリング……。晴を俺だけのものにするための、束縛の印だ」

誰にも渡したくないという意思の証である。桐谷は晴を縛りたいのだと、どこにも行かせたくないのだと、仄暗い本心を言葉にした。

「この先、どんな男に出会うことになっても、あるいはどんな女性と出会ったとしても、一生、俺のものでいて欲しい」

かすかな罪悪感が胸の奥で疼く。

晴はまだ、たった二十歳にしかならない。桐谷一人しか男を知らない。そんな晴に要求すべきことではないのではないか。

だが、それでもこれこそが桐谷の心からの望みだ。たった一つの、ほかに何もいらないほどの渇望だ。

「一生、死ぬまで……。いや、死んでからも、ずっと……」

「死んでからも……」

「そうだ。ずっと、俺だけのものでいて欲しい」

死という言葉にはさすがに驚いたのか、すっと息をのんだきり、晴は黙り込んでしまった。

晴が、どんなふうに桐谷を愛してくれているかを、うぬぼれではなく桐谷はわかっているつもりだ。そこには一点の曇りもない。

けれど同時に、晴の中にあるのが「今」という時間だけだということも、桐谷は感じていた。

晴の年頃では、無理もない。未来は漠然と、ただそこにあるだけで、その長さを測る尺度も経験も持っていないのだから。

晴にとって時間は水や空気のようなものなのだ。無限であり、永遠。

実際には水にも空気にも限りがあることや、永遠というものの正体が今という瞬間と同じものであることを、知らない。あるいは知っているかもしれないが、実感することはできないだろう。「変わる」ということの意味も。

そして知らないものを、恐れることもない。

その晴に、桐谷は今、永遠を誓えと要求しているのだ。知らない未来を約束しろと。

(俺は……)

地下駐車場の暗がりの中で、桐谷はわずかに後悔し始めた。まだ、早過ぎたのだ。いくらなんでも……。

けれど、視線を向けると晴はじっと桐谷を見ていた。

「先生……」

曇りのない瞳に深い色が浮かんでいる。

「ぼく、先生と結婚するの?」

「ああ」

その深い色を見つめ返して、桐谷は静かに頷いた。そうだ。どうしても、晴のすべてが欲しい。

晴の瞳が揺れて涙の膜がきらめいた。その光に背中を押されるように、問いが零れ落ちた。

「晴、俺と結婚してくれるか?」

「はい」

頷いた頬に宝石のような雫が零れて光る。花弁に似た唇を開いて晴は言った。

「ぼくでよければ、よろしくお願いします」

「ああ」

桐谷の目にも熱いものが込み上げた。

生きていてよかった。その熱いものを隠すように瞼を閉じて、告げる。

「晴でなければ困る。こちらこそ、よろしく頼む」

よかった。本当に……。

言葉にならない言葉を噛みしめて、狭い車内で晴を抱き締める。唇に触れると、かすかに涙の味がした。

帰宅すると、左手の指を広げて眺めながら、晴がどこか感慨深げに吐息を零した。サイズを測り、イニシャルの刻印を頼んできただけなので、まだそこに指輪はない。

「男同士でも……、全然気にしないで、結婚指輪、見せてくれるんだね」

当たり前のカップルとして対応したスタッフには、桐谷も感心した。あの人間性と深い教養が世間の標準になることを願うが、そんな日が来るまでにはまだ時間がかかるだろう。

だから、まだいいのだ。無理はしなくていい。

「晴、指輪が出来上がってきても、ふだんから嵌めている必要はないからな」

「え、いいの？」

「ああ」

無用な負担を晴に強いるつもりはない。周囲の目が成熟するまでは、生きやすさを優先すればいいと思っていた。それも一つの知恵だ。

晴はどこかほっとしたように微笑んだ。

「いつか、どんな場所でも、同性のカップルが当たり前に認められるようになる。その時が来たら、堂々とつけてくれ」

「当たり前……。今日のお店みたいに？」

「そうだ」

うん。こくりと頷いた晴に桐谷は続けた。

「法的にも認めさせる」

晴は、一瞬かすかに息をのみ、それからしんみりとした表情を見せた。

もしや、気付いていたのだろうか。

見た目の可愛らしさに惑わされるが、晴は周りが思うよりずっと賢い。重要な物事にはしっかりと向き合い、真摯に考える。桐谷のプロポーズに含まれる意味合いも、晴なりに察していたようだ。

桐谷は法律家だ。晴の全部が欲しいと言った時、そこには心と身体だけでなく社会的、法的な意味でも結ばれたいという思いが含まれる。

法的に家族になれなければ、何かあった時、権利や立場が保証されないからだ。

晴が桐谷の財産を望むとは思わないが、遺言がなければそれらを遺してやることもできない。不慮の事故や病気で入院した場合に詳しい症状を知らされる権利もない。

長い人生を伴侶として添い遂げようとする時、法律で守られずにいることは、とても心許ないことなのだ。

だから、法の上でも晴と結ばれたかった。

「同性の恋人同士が家族になるには、今のところ養子縁組が一般的だ」

晴は黙って頷く。そこに真新しい覚悟が滲んでいるのを見て、桐谷は胸を突かれた。

(まさか……、そこまで考えて、あの返事をくれたのか……)

クルマの中で黙り込んでいた。あの短い時間の中で、晴は自分にとって最も大切なものを、身を切られる思いで諦め、桐谷の手を取ることを決意してくれたのだ。桐谷の申し出の意味をほとんどすべて理解して、それでも、それを受け入れることを選んでくれた。

愛しさが極限まで高まる。同時に、そんな辛い選択をさせてしまったことが可哀そうで、切なくなった。

(晴……)

愛しくてたまらない。どうしようもなく。

桐谷は、俯いたままの晴の顔をそっと上げさせた。

「心配しなくても、養子縁組を望んでいるわけではないぞ?」

「……そうなの?」

やや緊張を解いた声に桐谷も頬を緩めた。

「晴が、晴のお母さんや弟の雪くんを大切にしていることを、俺はちゃんと知っているつもりだ」

「うん」

「縁を切らせるようなことはしない。晴はずっと晴のお母さんの子どもだし、雪くんのお兄さんだ」

「でも……」

「ああ。だから、俺がこれから頑張る」

じっと見つめる瞳の中に、安堵と戸惑いに続いて疑問と好奇心が浮かび始める。桐谷が言わんとしていることを、晴は正確に知りたがっているようだ。

「異性間の結婚と同じ権利を、同性間でも認めるような法律を作る」

端的に口にすると、澄んだ茶色の目が徐々に開かれてゆく。

「法律を……?」

「ああ。すでに同性婚を法的に認めている国や地域がある。国内でも行政上同等の権利を保証する地区ができたところだ。国レベルで、法的に同性婚が認められるようになれば、今よりもっと自然に愛し合える恋人たちが増えるだろう。そうなるように、俺が国を変えていこうと思う。法律を調え施行させて、それから、堂々と晴と籍を入れる」

晴の口が、ぽかんと開いていた。

「どうだ? それなら何も心配いらないだろう?」

「先生……、でも……」

「なんだ? まだ、何か問題があるか?」

可愛い頭が左右に振られる。

「ううん。でも、そんなこと考えてたなんて……、ちょっとびっくりして……」

「おかしいか? 晴の幸せのために、何が一番か考えるのは当然だろう?」

まだどこか呆然としたまま、晴はかすかに頷いた。それからやっと、嬉しそうな笑みを浮かべて、桐谷が伸ばした腕の中に身体を寄せてきた。

晴の幸せのためなら何でもする。晴を不幸にするものは、それがたとえ神であっても許さない。

誰がなんと言おうと、それが桐谷の正義だった。

ふわりと静かな夜の下で、今年も雪のないクリスマスが街を包んでいた。雪が降れば、きっと、もっとしんと静かになるのだろう。

けれど、かすかな喧騒が遠くに残るやわらかな静けさを、桐谷はどこか優しく温かいと感じていた。

二人きりで隠れるように生きるのではなく、世の中に自然に関わり合って生きる。桐谷は晴に、そんな人生を送って欲しかった。自分の手の届くところに閉じ込めて、誰にも見せず、一生自分だけを見ていて欲しいという欲求はある。だが、そこにあるのは狂気であり、油断すれば自分は簡単に晴に狂ってしまうだろうという自覚もあった。

それでは晴を幸せにできない。だから、努めて正常でいたいと思う。

雪に閉ざされることのない静かな夜は、そんな桐谷を祝福しているようにも思えた。

「先生、ほんとにこれだけでいいの？」

「ああ。十分だ」

出来合いのローストチキンと野菜のコンソメスープ、イチゴを飾ったホールのショートケーキがヌックの中央で蝋燭の灯に照らされている。

特別なものは何もいらない。晴の家のクリスマス。

そのテーブルに桐谷が淡いブルーのショップバッグを載せた。

「今日に間に合わせてくれた店に感謝しよう」

「間に合ったの？」

通常の納期は二週間から一ヶ月。ギリギリの注文に店はしっかり対応してくれた。

白いリボンを解き、ブルーボックスに収まった紺色のケースから銀の指輪を取り出した。それを、女神に捧げるようにして晴の指に嵌めた。

「愛しているよ、晴」

白い指先にキスをすると晴の瞳が濡れたように光る。

「ぼくも、先生を愛してる」

揃いの指輪を桐谷の指に通し、晴は真摯な顔で桐谷を見上げた。どちらからともなく口づけを交わし、やがてそこに濡れた欲望を宿して舌を絡め合う。

「ん……」

クチュクチュという水音と、蝋燭のジッと燃える音だけが室内に満ちた。しばらくしてやっと離れた時には、呼吸が少し乱れていた。

顔を見合わせて笑い合う。

「幸せにする」

もう一度、白い指に恭しくキスをして誓った。

大多数の人たちとは、ほんの少し違う恋をしてしまった。そんな晴に、桐谷は何も手放す必要はないのだと伝えたかった。ありのまま、望む相手と愛し合って幸せになればいい、何一つ負い目を感じる必要はないのだと知って欲しかった。

そのためなら、国の法律も変えてみせる。

世界中の何よりも晴を愛している。晴の幸福こそが、桐谷の望みだ。

食事を済ませ、軽い口当たりの少し甘すぎるケーキを切り分けて一切れずつ食べた。夜の静けさがベールのように桐谷と晴を包む。

「明日から冬休みだな」

「うん」

「実家にはいつからいつまでいる予定だ？」

「母さんの仕事納めが二十八日だから……」

その日から一週間くらいを考えているという。

「その予定で、いい？」

「一週間か……」

「長い？」

「長いな」

「じゃあ……」

「長いが、たまになんだから、ゆっくりしてくればいい」

ほっとしたように笑う晴に、少しだけ意地悪をしたくなる。

「その分、今夜から晴をたっぷり補給しておこう」

たっぷり……と口の形だけで繰り返した晴の手を、やや強引に引き寄せた。そのまま二階への階段を上がり、浴室に湯を張る間に互いの服を手早く剥いでいった。

水音の下でキスを交わす。すでに固く兆している部分を白い腿に押し付けると、晴が驚いて身を引く。

「わ……」

「すぐに同じようになるくせに」

唇を塞ぎながら、今やその部分だけで達することもできるほど敏感になった乳首を摘まむ。晴の下肢が震えながら頭をもたげ、桐谷のものと触れ合った。

「あ……っ」

「……っ」

ベッドまで待てずにことに及ぶことは珍しくはないが、こうして二階に上がって、あと少しというところまで来ていながら我慢がきかなくなるのは久しぶりだ。

揺れながら、時おり触れ合う感覚がもどかしくてたまらない。熱を集めて脈打つ二本の竿を、堪えきれずに強く押し付け合った。互いのものを捏ねるように腰を揺らしてシャワーの下で抱き合う。舌を絡ませ、二つの分身を絡ませて、身体の熱を分け合う。

身体の向きを変えさせ、オイルを手に取り後孔に指を埋めた。

「あ……」

毎晩のように桐谷を受け入れている場所は、わずかな刺激で準備を整え、赤い内部を見せて蠕動し始める。その淫らな誘いに耐え切れず、浴室の壁に手を付いて立つ晴に、背後から一気に挿入した。

「ひゃあ……んっ」

さすがにきつかったのか、細い背中が大きくしなる。

だが、晴の下腹部で揺れていた中心は、萎えるどころか硬度を増したかのように頭をもたげていた。それを確かめた桐谷は、ゆっくりと腰を使い始めた。

「あ……っ、あ、あ……」

「ああ、いいな……。晴の中は……」

「あぁ、あ……っ」

乳首を摘まむと内側がきゅっと締まって桐谷を悦ばせた。

「ああん」

「ああ、たまらないよ。晴……」

「あ……、先生……っ」

大きく揺すり上げると、晴の前がいっそう高く伸びあがり、硬く張りつめてゆく。

「ああ、あ、あ……っ」

「気持ち、いいのか」

「あ、あ、ん……いい、ああ……っ」

桐谷は徐々に動きを激しくしていった。突く度に、そそり勃つ薄紅色の竿から透明な蜜が左右に飛び散り始める。もどかしげにそこをまさぐる晴の指に銀の指輪がキラリと光っていた。

その指をそっと剥がし、緩く掴んだ手首をタイルの壁に縫い止めた。

「あ、いや……」

「いいから。このまま俺のだけでイってごらん」

「あ、あ、いや……っ」

振り向いた横顔が懇願する。

「……、イきた……、ああ……。も、イかせて……」

ぐっと突き上げると、半泣きの晴が首を左右に振る。そのまま抉るように中をかき混ぜ、不規則に突いた。

「あ、あ、いや……。ああん、あああ……っ」

いや、いや、と甘い声で啼きながらもだえる姿がいじらしく、いやらしい。そのさまが、桐谷の雄にさらに力を漲らせる。固い熱塊で晴の感じる場所を強く擦る。細い両手首を右手で一まとめにして押さえ、空いた左手で感じやすい乳首を弄んだ。

押しつぶし、指の間で転がし、捏ねたり摘まんだりとさまざまな刺激を繰り返す。桐谷の指の銀のリングが晴の肌の上で淡く光ってうごめいていた。晴が感じて身を捩る度に、うねるような内部が桐谷の熱に絡みつく。

あまりの愉悦に思わずうめき声が漏れた。

「ああ、晴……」

身を捩り甘い声で啼き続ける晴を、さらに強く突き上げた。たまらなくなって激しく腰を使うと、悲鳴のような嬌声をあげて晴が桐谷を締め付ける。

「……くっ」

桐谷も限界が近い。前後の動きが大きくなり、深い場所まで一気に晴を突き上げる。その深さを保ったまま速度を上げた。

「あ、ああん、あ、あ、いやぁ……っ。あ、あ、あ、あ、あああぁ……っ」

叫ぶような嬌声とともに晴が身体を反らし、その中心から飛沫が弾け飛ぶ。

搾り取られるかのような収縮に導かれて、桐谷の雄芯からも熱い液体が放たれた。桐谷はそれを、溢れんばかりに晴の中に注ぎ込んだ。

息を吐くまでの短い余韻の中で、どくんどくんどくんと三度、吐き出した。

それが終わるのを待って、桐谷は晴の中からまだ太い幹を引き抜く。荒い息のまま、背中からぎゅっと抱きしめてうなじにキスを落とした。

「晴……、すごくよかった。愛してるよ」

とろんと満足そうに笑んで振り向く晴の、花のような唇を啄んだ。

軽く泡を洗い流してバスタブに移り、透明な湯の中に向かい合って沈んだ。互いの指に光る細い指輪を見つめて笑みを交わす。

「一日二回までなのに、もう一回しちゃったね」

果てのない欲望を制限するために、桐谷は自分に課した枷を晴にも告げていた。ふだんの日は一日二回まで。それを破ろうとしたら言ってくれと頼んである。なんだかんだと理由を付けては「特別な日」を設けて、それ以上を求めることも多いのだが。

当然、今夜も「特別な日」だ。

「クリスマス・イブだぞ。それに、結婚指輪を交わした日だ。それから……」

「一週間いなくなる分?」

「そうだ。それもあった」

ふふふ、と晴が笑う。晴もたくさんしたいのだと教えていて、可愛くて仕方ない。

「よし、先は長いぞ。早速二回目を頑張るか」

バスローブをまとってベッドに向かい、水とスポーツドリンクでのどを潤してから再び抱き合った。

時に優しく、時に激しく、何度も何度も抱き合う。

毎日毎日、繰り返し肌を重ね、互いを求めている。隅々まで身体を貪り、四肢を絡めたまま夜を泳ぎ続ける。

それに飽きる日など永遠に来ないかのように、求めても求めても、終わりのない欲望が身の裡を焦がし続ける。桐谷はもう晴なしでは生きられないだろうと思った。

きっと、生きられない。

絡み合う身体が一つになる瞬間、恋人たちはこの上ない幸福を分かち合う。

聖なる夜。

何度目かの交わりの途中、遠くで教会の鐘がおごそかに鳴るのを聞いた。

「晴……、鐘の音が聞こえるか」

高く上げた足の間で深く自身を突き立てながら、桐谷は囁いた。

「ん……。聞こえる」

潤んだ瞳で桐谷を見上げ、晴が頷く。

「クリスマスだな」

「うん……、ああん、いや」

軽く突いただけで、甘く啼いて身を捩る。啼きながら、吐息にのせて晴が囁いた。

「あ……、ん、結婚式の、鐘みたい……、あん」

「そうだな」

ぐっと奥まで貫きながら、その言葉を噛みしめた。

覆いかぶさるように晴の上になり、愛しい身体を抱き締める。つながったままキスを交わして舌を絡めた。もっと、と甘える晴の声に意識が溶けてゆく。

獣になって睦み合う二つの身体を、聖なる夜が包み込む。突き上げる度に、高い嬌声が夜の静けさを縫って流れていった。

鐘の音が鳴り続ける。

——その健やかなるときも、病めるときも
喜びのときも、悲しみのときも
富めるときも、貧しいときも

これを愛し、これを敬い、これを慰め、これを助け
その命ある限り、真心を尽くすと
誓いますか

何度目かもわからない精を放ちながら、桐谷は囁いていた。

「誓う……」

その命のある限り、真心を尽くすと……。

「誓う」

聖なる夜が、静かに更けてゆく。

【紙書籍限定ショートストーリー】

The First Day

【1】

新緑が目に眩しい。

高城が何度もうるさく言うので、その日、桐谷は家中の窓を開け放って建物に風を通していた。五月も終わりに近い。汗ばむことも増えてきたが、その日はことさら静かで清々しい一日になりそうだった。珍しく予定のない休日に感謝しようと考えた。

だが、桐谷は疲れていた。

祖父から受け継いだ法律事務所は順調に利益を上げている。いろいろあったが、研究者として学術の世界に身を置くこともできるようになった。桐谷の人生は順風満帆だと言ってもいい。けれど、疲れていた。

忙しいことは確かで、まる一日休めるのも、今日がおよそ三週間ぶりだ。しかし、疲労は肉体的なものではないだろうと思った。その程度でへたばるようなやわな鍛え方はしていない。

かといって精神的なものだとも思えなかった。事務所の経営にだけ追われていた以前の生活に比べれば、大学教員としての職を得た現在の日常は、ストレスが格段に少ない。

ならば何が原因だろうと自分に問うが、納得のいく答えは見つからなかった。

以前はとにかく仕事上のストレスが大きかった。『結城・桐谷法律事務所』は、企業の顧問料が大半を占めるコンサルティング中心のファームだ。信頼度は高く、顧問料も高い。高い顧問料に応じた実績も求められる。

結城は母方の姓であり、祖父の名でもあった。結城家は代々法律家の家系で、桐谷家のような旧財閥系と呼ばれる家と縁続きになる種類の、いわゆるアッパークラスに属する家でもあった。

桐谷がＨＬＳ《ハーバード・ロー・スクール》でＳ．Ｊ．Ｄ《法学博士》を取得して戻ると、祖父の結城泰造は自身のアソシエイトとして桐谷を事務所に迎え入れた。翌年にはジュニア・パートナーに昇格させ、三年後にはシニア・パートナーとして経営の中枢に据えた。

名称を『結城・桐谷法律事務所』と改めたのはその翌年だ。「桐谷」の名がビジネスの世界で一定のブランド力を持つことも、当然織り込み済みだった。

仕事は忙しかった。桐谷の能力を以てしても難しいと感じる課題が次から次へと回ってきた。その多くは、いかにしてクライアントである企業の利益を守り、増やすかという内容に終始していた。

本来、桐谷は「人の助けになる仕事をしたい」というまっとうな考えのもと、法律の道に進んだ。だが、『結城・桐谷法律事務所』が手掛けるのは大企業の経営戦略に対する助言とそれに伴う法的な手続きの代行がほとんどだった。企業の利益を守ることは、そこに属する多くの人々の暮らしを守ることでもある。その仕事にも意味を見出すことはできた。

けれど、それらの仕事は強者のためのものだった。たまに事務所がプロボノに着手することもあったが、その場合の最大の目的は「イメージアップ」を測ることだ。弱者の力になりたいわけではなかった。

桐谷自身が引き受けた案件では、時間や手間を惜しむことなく真摯に対応したつもりだ。ほかのメンバーがどの程度プロボノに労力を割き、依頼者に寄り添えたのかについては、あまり考えたくなかった。

仕事で成果を上げても虚しさを感じたのは、自分の望んだ法律家としての姿と現実とがかけ離れたものだったからかもしれない。

それでも祖父の元を去らなかったのは、そこを退けば桐谷家の中枢に囲い込まれることがわかっていたからだ。

日本有数の財閥系企業、その創業一家の長男として生まれた桐谷が「法律家として生きたい」と願った時、唯一許された道が、祖父の共同経営者として歩む道だった。

やがて祖父は末期の肺がんであっけなく世を去り、事務所と古い洋館が桐谷に遺された。

同じ頃、男女の双子をそれぞれ御三家と呼ばれる名門私立中学に入学させた姉が、桐谷家の本丸とも言える『桐谷ホールディングス』の役員として、経営に参加するようになった。

風向きが変わったのはその頃だ。

桐谷以上に頭の切れる姉の能力に気づいた父が、姉を後継者として迎えることを考え始めたのである。

姉自身にもその意思があった。出来の悪い弟よりも、自分のほうがずっと経営者に向いていると、ハリウッド女優を思わせる華やかな顔に嫣然と笑みを浮かべて言い放ったらしい。父は姉の言葉を認め、やる気のない長男に跡を継がせるという考えをあっさりと捨てた。

そうして桐谷は自由になった。

自身の裁量で事務所の方向性に手を加え、これまでと同等、あるいはそれ以上の利益を上げつつ、社会にも貢献できるような体制を整えていった。

自分以外の人間をトップに置き、直接の経営から徐々に離れてゆくことにも成功した。

恩師の紹介で大学に職を得て、研究者として生きる道も開かれた。

諦めかけていたものが、一つずつ手に入った。これ以上、望むものは何もないほどだ。

それなのに……。

『少しは羽を伸ばしたら？』

ふいに高城の言葉が脳裏をよぎった。

（羽を、か……）

美しい五月の庭を眺め、虚しさにため息を吐く。

昔は、何かを吐き出すように、あるいは渇いた何かを埋めるように、誰かと身体を重ねていた。そうせずにはいられないほど、過度のストレスに苛まれていた。

そうして吐き出したところで、身の内に蓄積する澱が消えることはないし、渇きが癒されることもないとわかっていたにも関わらず……。多くの者たちが桐谷に群がるのをいいことに、その場限りの情事を繰り返した。

今ではそんな気にすらならない。

枯れたと言ってもいいくらいだ。

人生に不満があるわけではないが、このままずっと、自分は一人で生きてゆくのだろうかと思うと、何とも言えない空虚な気分になることがある。それを是とも非とも判じられないところに、底の見えない歪んだ闇を見る思いだ。

愛だの恋だのというものに興味はないし、結婚をしたいとも思わない。子どもは好きでも嫌いでもない。全てがどちらでもいい。縛られるくらいなら、むしろ一人でいるほうがいいのかもしれない。

自分の人生に対し、仕事以外の部分においてその程度の関心しか持てない。そんな男が果たして幸せだと言えるだろうか。その答えすらわからないし、どうでもいいと感じているのだから、もはや末期である。

石のアプローチに目をやると、専門の業者が時間をかけて整えた薔薇園に、今を盛りと色とりどりの花が咲いていた。マリーパピエとファンファーレのピンクの花弁が風に乗って舞い散る。いくつかのティーローズの甘い香りが鼻孔をくすぐった。

表門のチャイムが押されたのはその時だった。ポケットに入れたスマホが「ピンポン」と、実にチャイムらしい音を鳴らした。

桐谷は小さく舌打ちした。

(高城のやつ、あれほど来させるなと言ったのに……)

最終的に『好きにしろ』という投げやりな返事をしたことを思い出し、ここまで来てしまった相手に無視を決め込むわけにもいかないだろうと諦める。

玄関を開け放したまま、手近にある窓をいくつか閉めた。二階に上がったところで正門の脇にあるインターホンの映像をスマホの画面で確認した。

まだあどけない少年が、唇をきゅっと結び、真剣な眼差しをカメラに向けていた。小さな画面からでも緊張が伝わってくる。

ふいに、桐谷は興味を持った。

高城からは、いわゆる「ウリセン」と呼ばれる、ふだんはゲイバーで働く少年だと聞いた。売春は違法だと断ろうとしたが、金銭の授受は行わない、あくまでクリーンな自由恋愛の範疇にある「合法的なセックス」だとかなんとか言って押し付けられた。その少年が、一度でいいから桐谷と寝てみたいと言っているのだと……。

それにしてはずいぶんと表情が硬い。

初々しいと言ってもいいくらいだ。日々、男に身体を開いているはずなのに、画面の中の少年の印象は無垢な処女そのものだ。

どのみちここまで来てしまったのだ。会うだけ会ってみてもいいだろう。高城の言う「合法的なセックス」もアリかもしれない。ふとそんなことを思い始める。

(それに……)

桐谷は自身の身体を見下ろし、苦笑を浮かべた。

どういうわけか、少年の顔を見た瞬間から下半身が疼き始めていた。こんなことは久しぶりだし、いつになく興奮を覚えている自分に驚く。

少年のほうから望んで、わざわざ桐谷に抱かれに来ているのだ。高城の言う通り、たまには運動がてら、「合法的なセックス」を楽しんでもいいのかもしれない。アリかナシかで言えば、アリ寄りのアリである。

「こんにちは……。すみません……」

階下の開け放った玄関ドアから、やわらかいアルトの声が聞こえた。

可愛らしい、いい声だ。

「すみません……。どなたか、いらっしゃいませんか……?」

抱いたら、どんなふうに鳴くのだろうと思った。そして、そんなふうに少年に興味を持った自分に驚き、にわかに楽しくなってきた。

よし、と、妙にウキウキしながら心を決める。

「何をしている。二階だ」

階段の上から呼びかけると、少年は急いで吹き抜けの脇へまわり、曲線を描く階段を上がってきた。

目が合う。

ぱしん、と桐谷の中で何かが弾けた。

透明な殻を破って、新しい感情が生まれるのがわかった。

この少年に触れたいと、まるで天啓のような渇望が体内に満ちてくる。

「なるほど。思ったよりいいな……」

努めて冷静を装い、口元を軽くほころばせる。大きな目で桐谷を見上げている少年を、急いでいると思われないよう、ギリギリのスマートさを心掛けつつ、寝室に導く。

「どうした。すぐに始めていいのだろう?」

いつになくはやる自分の心が新鮮だった。たおやかで美しい少年の肌を早く確かめたい。

目の前の彼は、ひどく生真面目な顔で頷いた。

「はい。よろしくお願いします」

やけにハキハキと答える。

背中を向けたまま、桐谷はつい笑ってしまった。唇だけに浮かぶ忍び笑いだ。もしかすると、さっきからずっと笑っていたのかもしれない。

こんなふうに自然に、こみあげるように笑うのはいつ以来だろう。そう考えると、また口元の笑みが増す。思いのほか楽しい時間になりそうだ。素直にそう思った。

(高城に感謝してやってもいい)

浮かれた気分で、そんなことを思っていた。


蜜のように甘く可愛い身体に溺れ、全てを忘れて夢中になった数時間、桐谷は生きている歓びで胸をいっぱいにしていた。

処女のように泣き叫ぶ少年を犯す歓び、次第に蕩けてゆく甘い顔を眺める愉しさ、何より相性が抜群なのか、これまでに知ったどんな身体よりも素晴らしかった。

桐谷自身がたまらないほど鋭い愉悦に包まれた。要するに、めちゃくちゃよかったのである。

固く閉じた蕾のような裡筒は、まるで一人も男を知らぬかのようにきつく狭く、桐谷のものを含んで苦しそうに収縮していた。傷つけぬように細心の注意を払いながら、少年の奥へと分け入った。

少年の名は「ハル」といった。彼にぴったりの可愛い名だと思った。

「ハル……、ああ……、最高だ」

行為の最中に相手を褒めたことなどなかったが、ハルを抱いていると自然と言葉が零れ落ちた。可愛いと、綺麗だと囁きながら、どこに触れても新鮮な反応を示す身体を味わい尽くした。

ハルが泣くと、桐谷も切なくなった。その顔をほかの男に見せたくないと、初めての嫉妬に似た気持ちを抱く。そんな自分に驚いた。

一度では足りず、何度も繰り返し楔を突き立てた。こんなことも初めてだった。望まれて身体を重ねる時、桐谷自身の熱を吐き出してしまえば、いつもそれで終わりだった。後のことに興味はなかった。

それが、どうしたことだろう。終わっても、終わっても、果てのない熱が身体の内から湧きおこる。ハルの中にずっと留まっていたいとさえ思った。

そんな夢のような数時間が過ぎた後、桐谷は人生最大の地獄を見ることになる。あろうことか、桐谷自身が性犯罪に関する事件の加害者の立場になるのである。

試練の時は目の前だ。

だが、この時の桐谷は、まだそれを知るよしもなかった。

そして、その後に続く豊かで幸福な日々の、これが最初の日になることも……。

【2】

桐谷恂一郎の人生に、その生涯を決定づける最大にして最高の僥倖が訪れた「その日」の前日、高城玲二は自ら設計に携わったカフェレストランのカウンターで深いため息を吐いていた。

勤務先の大学の理事の娘に気に入られ、ストーカーまがいの被害を受けた。それだけでなく、その件がこじれにこじれ、なぜか高城のほうが「セクハラ教授」などと噂され始め、わけもわからないうちにネットで拡散され始めると、にっちもさっちも行かなくなってしまった。

思い起こせば、学生時代には主任教授とその助手との痴話げんかのとばっちりを受け、エリートコースと言われた研究室を去る羽目になったこともある。

どうも自分は不運という名の運命の矢に当たりやすい体質らしい。あるいは人との縁とか運とかに恵まれていないのだろうか。

金色の長い髪をかきあげ、妙に綺麗だと言われる華やかすぎる顔を、高城はむっとしかめた。

高城玲二は、長い不遇の末にようやく頭角を現し始めた気鋭の建築家である。近年の作品はどれも高い評価を得ているし、仕事の依頼も増えている。現在、大きな賞にもエントリーしている。

だが、才能と実力を鑑みれば、未だに不当なほど埋もれた存在だと言っていい。

高城には、有名になりたいとか、尊敬されたいとかいう気持ちがあまりなかった。ただ、今回のこじれにこじれたストーカー事件のように、立場の強い人間から理不尽な扱いを受けたりすると、吹けば飛ぶような地位の低さ、何者でもない自分の立場を恨まないでもない。

(それに……)

趣味全開でオープンしたばかりの店の銀色のカウンターにもたれ、高城は無駄に考え続ける。

順調な時には気軽に飲みに誘ってくる友人たちも、「セクハラ教授」などとネットで叩かれ始めると、当たり障りのない理由をつけては距離を取りたがる。たとえそれが根も葉もない噂を元にした無実の罪だとしても、社会的に成功してしまった彼らとしては、流れ弾に当たってつまらない中傷を受けるのは避けたいのだろう。

彼らを責めるつもりはない。それでも、やはり凹む。

(世知辛いよねぇ……)

またため息が落ちた。

だが、こんな時でも少しも変わらない態度で力を貸してくれる男がいる。

——桐谷恂一郎。

容姿、頭脳、家柄、運動神経、教養、品性、人柄まで完璧な非の打ちどころのない男。股間にはマグナム。完璧すぎて面白みがないのが唯一の欠点のような男だ。

実家は旧財閥系の資産家で、日本を代表する某製品の創業一家でもある。多くの事業を展開する多角的経営企業の実権を握る大株主で、はっきりいって住む世界が違う。本物のセレブ。

桐谷自身は実家の事業を離れ、法律家として生きている。切れすぎるほど頭の切れる男で、弁護士としては超一流。民事も刑事も任せて安心の、一家に一人は欲しい逸材だ。

困った時には、どんなに忙しくても時間を割いてくれる勿体なくもありがたい唯一無二の「親友」でもある。

その優秀な男が、高城のトラブルを引き受けて動いてくれていた。

「どうなったかなぁ……」

そろそろ連絡があるはずだ。桐谷が約束の期日をたがえることは滅多にない。

手持無沙汰にギネスを飲んでいると、高城の心を見透かしたようなタイミングでスマホが鳴った。

出来る男は相手にも無駄な時間を使わせない。

『目途がついたぞ』

電話の向こうの声が言った。

複雑に絡み合ったストーカー事案に片が付き、身動きが取れない状態から一転して無実が証明され、理不尽な扱いをしてきた大学とも円満にサヨナラできそうな流れだと教える。

「感謝する。どんなお礼でもさせて」

『普通に、請求書を送る。俺のリーガルフィーは安くない。覚悟しておけ』

「それは、もちろん払うけど、それとは別に、僕の気持ちを受け取ってよ」

『いらん』

短く拒絶され、通話も切れた。相変わらず素っ気ない。

素っ気ないくせに、困った時には見捨てないで助けてくれる。本当はとてもいいやつなのである。

やはり何かお礼をしたい。何か素敵で、特別で、癒しになるようなお礼が。

真面目に思案していると、隣のスツールにするりと常連客の青年が滑り込んできた。いわゆる「ウリセン」を生業としているゲイバーの店員である。

「最近、桐谷先生はどうしてるの?」

タイムリーに聞いてくる。

以前はよく夜の街に現れて、自慢のマグナムで大暴れしていた桐谷のことを、「最近めっきり姿を見なくなった」と嘆いている。

「噂の超絶テクニックに憧れてるのに……。いつか機会があったら、一度お手合わせ願いたいなあって、機会を狙ってるんだけど、全然、会えなくて……」

高城は青年を観察した。まだ少年と言ってもいいような、二十歳そこそこの可愛い系。

(いいかも……)

染めた茶色の髪が細身の身体に似合っている。

素人ではないが、そういう後腐れのない相手のほうが、あの男にはいいのだ。長く続かないどころか、桐谷が同じ相手と二度以上寝たという話はついぞ聞いたことがない。

どんな美女も、どんな美少年も、桐谷の心を捉えることはないのである。

青年のほうも、一度きりでいいし金も要らないと言う。どうしても抱かれてみたいだけなのだと、正直な欲望を口にした。そこまで言うのなら、これは流れだ。何かのお導きだ。

「だったら、桐谷に聞いてみよう」

最近すっかり枯れかけている友人への、ちょっとしたプレゼントになるかもしれない。青年のほうも喜んでいる。

(一石二鳥じゃないか)

確か明日は数週間ぶりに家にいるはずだ。自分が会いに行くより、彼を行かせて軽い運動で汗を流してもらおう。そうと決まれば、善は急げだ。

茶髪で細身の可愛い子が会いたがっているとメッセージを送ると、すぐに既読がついた。

「行かせるよ」

『迷惑だ』

「遠慮するな」

『遠慮はしていない』

数回やり取りを繰り返し、青年のほうから望んでいること、金銭の授受は行わないし、あくまで自由意思に基づく「合法的なセックス」であることを強調した。かなり遊んでいたくせに、桐谷はヘンなところで真面目なのだ。

最後に「こういうことはタイミングと縁だよ。悪いことは言わないから、たまには楽しいひと時をすごしてリフレッシュしてみなよ」と送る。

しばらくして返信があった。

『勝手にしろ』

高城は青年に親指を立てた。


翌日の十一時、ランチのために開けた店に青年が現れた。夕方から仕事がある彼は、午前中に桐谷の自宅を訪ねたはずだった。

「ずいぶん早かったね」

会ってみて、やはり気乗りがしなかったのだろうか。はっきり断られたのかもしれない。だとしたら、気の毒だ。

慰めるつもりで「まあ、こういうことは縁だからね」と言うと、青年は、何度もドアホンを鳴らしたが、誰もいないらしく門が開くこともなかったのだと言った。

(おかしいな……。家まで行かせれば、会うくらいはすると思ったんだけど……)

高城は首を傾げた。

「急な仕事でも入ったのかな」

桐谷は誠実な男だ。あらかじめ連絡をし、わざわざ訪ねてきた人間を、居留守を使って追い返すようなことはしない。

「悪かったね」

高城が謝ると、青年は意外とあっさり「きっと縁がなかったんだよ」と、薄い肩をすくめてみせた。

「それに、ちょっとビビっちゃった。あんな大きい家、怖くて入れないや」

「怖い……？」

ちょっとショックだ。あの家のリフォームを担当したのは、何を隠そう高城である。

しかし青年は、「住む世界が違い過ぎて怖い」と続けた。自分とは絶対に縁がない人だとよくわかったのだそうだ。

「だから、もういいや。桐谷先生は伝説のイケメンてことで、憧れに留めとく」

「そう。だったら、いいけど」

おわびに何か好きなものをごちそうするよと言うと、「ラッキー」と笑って、嬉しそうにメニューを覗き込んでいる。行ってみて腰が引けたというのは本当らしい。彼が気を悪くしていないなら、それでいい。問題はない。

ただ……。

（珍しいな……）

たとえ『勝手にしろ』などという投げやりなものでも、約束は約束だ。それを守れなくなった場合、桐谷が連絡を寄越さないなどということは、まずないのだ。

(何かあったのかな……)

連絡もできないほどの、何か緊急の出来事が。

スマホにかけてみるが、呼び出し音がなるだけだ。自宅にかけても同様だ。念のため事務所にもかけてみたが、留守番電話のメッセージが流れただけだった。

仕事だろうかと思うが、やはり心配で、手が空いたら折り返し連絡してほしいとメッセージを送っておいた。


連絡があったのは夕方近くなった頃で、店を人に任せ、事務所に戻って急ぎの図面を引いている時だった。

「どうしたんだ。さっき……」

『うん』

「うん、じゃないよ。何かあったの?」

『うん』

様子がおかしい。なぜ電話に出なかったのかと聞くと、『ちょっと取込み中だった』と答える。

そしてなぜか、『ふふふ』と笑った。

不気味だ。

「き、桐谷……？」

大丈夫か、と恐る恐る聞いてみる。

『大丈夫だ。いや、あまり大丈夫でもなかったんだが……、結果的には、大丈夫だ。むしろかなりいい感じだ』

何を言っているのか、よくわからない。

そしてまた、『ふふふ』と笑う。

怖い。

怖いが、ひどく機嫌がいいことは伝わってくる。

「いったい、何があった？」

『うん……。そうだ。ちょっとおまえに話したいことがある。時間があったら会えないか』

「今から行く」

即答した。

急ぎの仕事はあるが、マックス全開で頑張ればなんとかなる。桐谷の話を聞く方が大事だ。

アルコールが入るだろうと考え、一駅離れた高級住宅地にある瀟洒な邸宅にタクシーを飛ばした。

そこで高城は、今まで見たことのない「長年の親友」と出会うことになる。終始にやにやと笑い続け、鼻の下を伸ばしきった謎の男……。

（誰だ、こいつ……）

「今度、ハウスキーパーを雇うことになった」

桐谷は言った。「住み込みの」と続ける。

「嘘でしょ」

「嘘じゃない。とにかく、それをおまえに言いたくて」

「ちょっと待って。そんな生活の中の細かい情報を聞かされて、僕はいったい、何をどう答えればいいわけ?」

「別に何も答える必要はない。ただ、今度、うちにハウスキーパーが来るんだ」

それはわかった。だから、それで何?

困惑する高城に、桐谷はかなり上機嫌で話し続ける。ちょっとした事故があり大きな危機に直面したが、そこから思いがけない収穫を得て今回のことに至ったという。

「詳細は、今から話す。とにかく最高だった。夢のようだ」

「そ、そう……」

高城の困惑は続く。

(全然、話が見えません……)

後になってわかることだが、この日を境に、高城はさまざまな話を事細かに聞かされることになる。厳冬のごとく冷徹で理性の塊でしかなかった三十路男が、突然の春の訪れによって雪崩のごとく人格を崩壊させてゆく、これがまさに最初の瞬間だったのである。

ビクビクと身構える高城を前に、うっとりと、これまで見たことのない、夢見る乙女のような優しい表情を浮かべた唯一無二の親友が、満ち足りた声で告げる。

「名前は、晴。あの子にぴったりの可愛い名だと思わないか」

恐怖に引きつる顔に無理やり笑顔を貼りつけ、高城はただこくこくと頷いた。

頷くしかなかった。

あとがき

こんにちは。はじめまして。花波橘果です。

このたびは『溺愛准教授と恋するハウスキーパー』をお手に取っていただきありがとうございます。

このお話は『第一回 fujossy 小説大賞・秋』で審査員特別賞に選んでいただき、最初は電子書籍として配信していただき、このたび単行本として電子版と紙書籍版を出していただくことになりました。ひとえに読んでくださった皆様のおかげです。本当にありがとうございます。

イラストは以前から大ファンだった古澤エノ先生がご担当くださいました。お話の雰囲気にピッタリな、というか、それ以上に大人の色気漂うカッコいい先生と可憐で可愛い晴を描いていただき、感無量です。最初にイラストを拝見した時には、尊すぎて「ひ……っ！」と悲鳴を上げて口元を手で覆い、そのまま倒れ伏してしばらくゴロゴロと萌え転がってしまいました。いまだにしょっちゅう眺めてニマニマし、幸せを噛み締めています。古澤先生、本当にありがとうございます！

カバーデザインもすごく素敵で、そのほかにもたくさんの方にお力添えをいただいて、ここまで参りました。全ての方に感謝をお伝えしたいです。ありがとうございます。

お忙しい中、さまざまな面でお骨折りくださったエクレア文庫の担当A（M）様にも、本当にありがとうございました。

実は受賞後に突然倒れて手術を受けたり、長期入院するはめになったり、山あり谷あり（谷が多め）な日々が続きました。病気とは長い付き合いになりそうですが、この一年は本業にも復帰して元気に働いています。創作活動ももりもり頑張りたいと思っていますので、これからもどうぞよろしくお願いいたします。

最後になりましたが、お読みくださる読者の皆様に改めて感謝いたします。読んでくださる方がいらっしゃることが、どれほど創作の励みになることか……。もしよければ、ご自身のご負担のない範囲で、どこからでも、ちょっとした感想などをお寄せいただけると嬉しいです。

年々、夏の暑さがとんでもないことになっております。これを書いている今の外気温は三十八度です。この本が書店様に並ぶ頃には秋の気配も漂い始めているかもしれませんが、今日のような日には、どうか全ての方が安全に、健康で過ごされますようにと願わずにいられません。

元気で、安心して読書を楽しめる日々でありますように。その一冊として、このお話がお役に立てたなら幸せです。

最後までお読みいただき、ありがとうございました。またどこかでお会いできますように。これからも頑張ります！

二〇二三年七月吉日　花波橘果

評発売中！

エクレア文庫

●幸せな日々を送る夕侑と獅旺のもとに、
獅旺の子を妊娠したという元婚約者が現れて……!?
●〝運命の番〟である獅子族獣人アルファ×ヒト族オメガ、
身分差オメガバース第3弾！

偏愛獅子と、蜜檻のオメガⅢ
～運命の番は純血に翻弄される～

伽野せり 著／北沢きょう 画

ISBN 978-4-434-32445-1

書店にて好

エクレア文庫

●強引で俺様な皇帝×淫らな宦官
●許されない身分違いの蜜月。
絶対服従関係のふたりが織りなす、甘く切ない〝主従ラブ〟

獅子帝の宦官長
寵愛の嵐に攫われて

ごいち 著／兼守美幸 画

ISBN 978-4-434-31044-7

エクレア文庫をお買い上げいただきありがとうございます。
作品へのご意見・ご感想は右下のQRコードよりお送りくださいませ。
ファンレターにつきましては以下までお願いいたします。

〒162-0822
東京都新宿区下宮比町2-26 KDX飯田橋ビル 5階
株式会社MUGENUP エクレア文庫編集部 気付
「花波橘果先生」／「古澤エノ先生」

エクレア文庫

溺愛准教授と恋するハウスキーパー

2023年9月29日　第1刷発行

著者：花波橘果

イラスト：古澤エノ

発行人　**伊藤勝悟**
発行所　**株式会社MUGENUP**
〒162-0822 東京都新宿区下宮比町2-26 KDX飯田橋ビル 5階
TEL：03-6265-0808(代表)　FAX：050-3488-9054
発売所　**株式会社星雲社(共同出版社・流通責任出版社)**
〒112-0005 東京都文京区水道1-3-30
TEL：03-3868-3275　FAX：03-3868-6588
印刷所　**株式会社暁印刷**

カバーデザイン◉spoon design(勅使川原克典)
本文デザイン◉五十嵐好明

Printed in Japan
ISBN 978-4-434-32495-6　C0293